색의 인문학

색으로 엿보는 문화와 심리탐색

(주)교학사

색의 인문학 – 색으로 엿보는 문화와 심리탐색

2016 년 3월 10일 초판 1쇄 인쇄

2016 년 3월 20일 초판 1쇄 발행

펴낸곳 (주) 교학사

펴낸이 양진오

주 소 (공장)서울특별시 금천구 가산디지털1로 42 (가산동)

(사무소)서울특별시 마포구 마포대로14길 4 (공덕동)

전 화 02–707–5312(편집), 02–839–2505/707–5147(영업)

팩 스 02–707–5316(편집), 02–839–2728(영업)

등 록 1962년 6월 26일 〈18–7〉

교학사 홈페이지 http://www.kyohak.co.kr

책을 만든 사람들

저 자 ı 성기혁 **기 획** ı 정보산업부 **진 행** ı 정보산업부 **표지디자인** ı 김루디아

프롤로그

색, 그 무궁무진한 세계

“너는 참 색감이 없구나.”

30여 년 전, 대학 1학년 기초실기 수업시간에 내 옆에서 열심히 물감을 칠해가며 과제를 수행하던 친구에게 어느 교수님이 하신 말씀이다. 색채에 대한 감각이 나쁘다는 교수님의 지적에 물론 그 친구는 크게 실망했다. 과연 좋은 색감이란 무엇인가?

이른바 민주화와 산업화에 눈뜨기 시작할 무렵인 1980년대 초입에 나는 디자인에 발을 들여놓았다. 장식미술 또는 상업미술로 인식하던 그 당시에 디자인을 공부하면서 색채에 관한 전문서적이라고는 일본에서 수입한 번역서 몇 종류가 전부였다. 그 이후로 디자인은 엄연한 산업으로, 직업으로 자리를 잡아가는 동안에도 색채를 총체적으로 이해할만한 서적은 좀처럼 나타나지 않았다. 물론 색채학이란 이름으로 색의 원리와 심리를 다루는 책들이 나오긴 했지만, 일부 전문가를 위한 것들이 대부분이었다. 이제 컬러리스트 자격증도 생기고, 대학원에서 색채전공이 인기를 끌고 있다. 그러나 아직도 색은 ‘아름다움을 구사하는 기술’ 쯤으로 여기는 것이 사실이다. 인문학 관점에서 색을 다룬 책이 그만큼 귀하기 때문이다.

디자인을 전공한 내게 주위사람들이나 학생들로부터 가장 많이 받는 질문은 어떻게 하면 색채에 대한 감각을 잘 구사할 수 있느냐는 것이다. 이 막연한 물음에 나는 '미적감성, 문화와 인간의 마음을 이해하는 능력'이 묘책이라고 대답한다. 미적감성은 성실한 훈련에서 비롯된다. 관심을 가지고 관찰하고 정리하는 습관은 미적감성을 훈련하는 기본이고, 문화와 인간의 마음을 이해하는 능력은 지식이 뒷받침되어야 한다. 미적감성이나 색채감성은 예술가적 기질보다 과학자의 기질이 우선일 터이다. 결국 느낌만으로는 한계가 있다는 뜻이다.

이 책은 문화와 인간의 이해를 바탕으로 색채에 대한 미적감성 전반을 다루고 있다. 우리가 생활하는 과정에서 만나는 색에 대한 관심의 표현인 셈이다. 디자인 실무를 수행하면서, 전공 학생들을 지도하면서, 혹은 논문을 쓰면서 들었던 의문과 확인한 내용을 분야별로 정리했다. 대부분의 사진들은 직접 촬영한 것이지만 부득이 찍기 어려운 것들은 어렵게 구해서 수록하였다. 독자의 편의를 위해 주제에 따라 편의상 분류하였으나 58개의 글들은 각기 독립된 내용이다. 색에 국한된 글이라 중복되는 주장도 더러 있다. 인문학의 즐거움을 위해 가급적 이해하기 쉽게 기술하였다. 각 장에서 다루는 내용을 정리하면 다음과 같다.

생활 : 일상에서 만나는 색에 대한 관심
심리 : 색의 활용과 반응
전통 : 선조들이 적용한 색의 시스템과 우리가 사용하는 색 원리
디자인 : 디자인과 마케팅 측면에서 색의 활용

『색의 인문학』은 12년 전에 출간한 『색즉시색』이란 두 권의 책을 리모델링한 것이다. 당시 40대 왕성한 혈기 덕분에 겁 없이 책을 냈고, 그 책으로 인해 6개월가량 동아일보 주말판에 '성기혁 교수의 색은 색이다'란 칼럼을 연재하기도 했다. 그 때 출간한 책에서 서로 내용이 유사한 글들과 철지난 자료사진을 걷어냈다. 또한 새로운 사실과 주장을 더해가면서 각 글마다 상황별로 색에 대한 의문을 제시하고, 그 의문점을 풀어가는 형식으로 구성했다.
부디 이 한권의 책으로 색을 보는 독자의 눈이 환하게 열리기를 기대한다.

색의 인문학

색으로 엿보는 문화와 심리탐색

차례

전통 151

마케팅 213

색의 인문학

색으로 엿보는 문화와 심리탐색

일러두기

색이름의 표기는 산업자원부 기술표준원에서 마련한 한국산업규격(KS) 명칭을 따랐다.

색이름 표기의 주요 사항을 정리해보면 다음과 같다.

기본색 이름은 '빨강, 주황, 노랑, 연두, 초록, 청록, 파랑, 남색, 보라, 자주, 분홍, 살색, 하양, 회색, 검정'이고 '색'자를 붙여 사용할 수 있다. 다만 빨강, 노랑, 파랑의 경우에는 빨간색, 노란색, 파란색으로 한다. 하양, 검정의 경우 흰색, 검은색으로 사용할 수 있다. 한자 단절음은 '적, 황, 녹, 청, 자, 갈, 백, 회, 흑'이다.

기본색 이름 수식형은 '빨간, 노란, 파란, 흰, 검은'이고, 수식형이 없는 2음절 색이름은 '초록빛, 보랏빛, 분홍빛, 자줏빛'으로 표기한다. 여기에서 '빛'은 광선을 의미하는 것이 아니라 색채 특징을 나타내는 관형어이다.

색의 인문학

〈생활〉

색, 색채, 색깔, 빛깔, 때깔

색色에는 문화가 있다. 예부터 우리 선조들은 생활과 정신에 색을 적용해 왔다. 인간이 사용하는 말은 사상과 감정을 표현하는 수단이기 때문에 말 속에 들어 있는 색의 의미는 흥미진진한 문화를 담고 있다.

우리말에서 ‘새빨간 거짓말’은 흰 것을 오염시키는 색깔을 악덕시하고 가치 없는 것으로 간주한다. 반면 서양에서는 선의의 거짓말을 ‘하얀 거짓말(white lie)’이라 한다. 그러나 그들은 흰색을 미개하고 미숙한 것으로 여기지만 본디 있는 그대로의 담백한 맛을 숭상하는 우리의 정서와는 사뭇 다르다. 같은 색을 두고 민족에 따라, 국가에 따라 의미가 달라지기도 한다.

색의 사전적 의미는 ‘빛을 흡수하고 반사하는 결과로 나타나는 사물의 밝고 어두움이나 빨강 · 파랑 · 노랑과 같은 물리적 현상 또는 그것을 나타내는 물감 따위의 안료'이다. 색채용어사전에서 색채色彩는 '색의 경험효과를 가리키는 현상'이라고 했다. 색은 단순현상이고 색채는 눈으로 받아들이는 신체적 · 정신적 요소를 포함하는 개념이다. 이 둘 모두 영어로 컬러라고 칭한다.

또한 색은 국어사전에서 빛, 빛깔을 가리키는 말이라고도 했다. 그래서 색을 빛과 같은 의미로 우리는 사용해왔고 색깔, 빛깔, 때깔과 같이 '깔'은 성질을 나타내는 우리말이다. 성깔이 있다는 말에서 보듯 색깔은 본디 색이 갖는 독특한 성격과 성질의 정도를 뜻한다.

색은 본질을 의미한다. 모든 물체와 인간은 그 본질을 색으로 드러낸다. '안색이 나쁘다'하여 얼굴에 나타난 색으로 그 사람의 건강이나 감정을 판단한다.

'초록은 동색同色'이라 하여 이름은 달라도 성질이나 내용이 같다거나 어울려 지내는 것들은 모두 같은 성격의 무리란 뜻을 색으로 표현했다. '너는 색깔이 없다'고 하여 개성이 없거나 주관이 없음을 일컫기도 한다. '그는 우리와 색깔이 다르다'는 말은 생각이나 사상 따위가 다름을 의미한다. '까마귀 노는 곳에 백로야 가지마라/ 성난 까마귀 흰빛을 새오나니/ 창랑에 조히 씻은 몸을 더럽힐까 하노라' 이 시조에는 검정과 하양의 대비가 있다. 검정은 어둠의 세계요, 불의의 세계이며 하양은 순수한 밝음의 세상인 것이다.

어찌해볼 기색氣色이 있다거나, 본색本色을 드러낸다든가, 생색生色을 낸다, 특색特色이 있다는 말을 한다. 또한 정색正色을 하고 덤빈다는 표현과 이색적異色的이란 말에도 색깔을 통한 정서가 담겨있다.

한편 색은 육체나 여성을 의미하는 경우도 있다. 주자학에 심취한 조선의 선비들은 육체와 정신을 구분하였고 남성을 양陽으로 여성을 음陰의 존재로 보았다. 그래서 육체적 본능을 천시하였다. 여색女色을 밝힌다거나 주색잡기酒色雜技, 술과 여자와 노름에 빠져 패가망신한 사람을 가장 천한 인간으로 취급하였다. 재색才色을 겸비한 미인과 같이 색에 관한 각양각색各樣各色의 표현이 있다.

색깔을 빌려 새로운 의미를 부여하는 말도 많다. 예컨대 독야청청獨也靑靑, 청춘靑春, 청상과부靑孀寡婦, 청출어람靑出於藍, 청산유수靑山流水는 모두 '푸르다' 혹은 '파랗다'는 의미의 색깔에서 나온 말이다. 색깔이 주는 상징은 문화의 경험을 통해 맺어진 정신의 표현이다.

우리의 색채학은 색깔의 기호에 치중하여 색깔이 갖는 본래의 의미를 무시해온 경향이 있었다. 디자인이나 마케팅 분야에서 색의 표현은 과학적 사실에 근거하여 형식적인 측면을 중시해왔으나 사실 색은 인간의 심리와 문화의 상징체계 안에서 어떻게 자리 잡고, 인간에게 어떠한 의미를 주는지에 초점을 맞추어야한다. 색깔은 인간의 삶과 도덕적 품성까지 내포하고 있기 때문이다.

색을 못 보는 사람들

내 친구 한 명이 연애시절에 이런 일을 겪는 적이 있다. 사귀던 여자 친구가 어느 날인가 초록 립스틱을 바르고 나타났는데 그 녀석은 전혀 눈치를 못 챘다고 한다. 당연히 여자 쪽에서는 남자친구를 놀래 줄 요량으로 엽기적인(?) 화장을 했는데도 반응이 없었으니 당사자는 얼마나 황당했을까? 그 친구는 어린 시절에 고추농사를 짓는 부모님을 돕다가 덜 익은 고추를 따는 바람에 혼이 나기도 했다고 한다. 그는 말하자면 적록색맹, 즉 빨강-초록 색맹이었다.

색을 전혀 보지 못하는 완전색맹은 흑백영화 보듯이 이 세상을 바라보는데 이런 경우는 백만 명 중 한 명일 정도로 지극히 드물다. 완전색맹인 사람은 일상생활에 치명적인 불편을 느낄 것 같으나 그다지 어려움은 없다고 한다. 우리가 흑백영화를 볼 때 처음에는 어색하지만 점차 익숙해져서 색을 별로

의식하지 못하는 것과 비슷하다고 이해하면 되겠다. 이런 완전색맹인 사람은 명도 차이로 사물을 구분한다. 아주 진한 색은 검정으로 중간은 회색으로 아주 밝은 색은 흰색으로 보게 될 것이다.

완전색맹은 근친결혼에서 흔히 나타나므로 우리나라 사람보다 일본사람에게 더 흔한 편이다. 이러한 완전색맹은 약시나 눈부심 때문에 빛을 똑바로 못 보거나 안구진통으로 고통을 호소해서 스스로 색각 이상을 쉽게 느낀다. 이런 사람에게 좋아하는 색이 무엇이냐고 물으면 무채색이라는 대답 말고는 뭐라고 답할까?

색맹, 정확하게 말해서 색각 이상자로서는 빨강과 초록을 구분하지 못하는 적록색맹이 가장 흔한 경우이고 간혹 노랑-파랑 색맹도 있다. 적록색맹은 빨강이나 초록을 갈색으로 보는데, 언제나 그렇게 보는 것이 아니기 때문에 앞서 말한 내 친구의 경우처럼 색맹인줄 모르고 지내는 경우도 허다하다. 내가 회사에서 근무할 적에 후배 디자이너 한 명이 상식 밖의 색을 사용하는 경우를 보고 처음에는 참으로 독특한 색감을 구사한다고 여겼는데 나중에 알고 보니 적록색맹이라 황당해 했던 적도 있다.

색맹은 선천성일 경우도 있고 후천적일 경우도 있다. 색맹은 대체로 어머니 쪽을 통해 유전 된다. 어머니는 색맹이 아니더라도 그 아들은 색맹이 될 수도 있다. 지극히 드물긴 하지만 후천적인 색맹은 눈의 신경이나 망막 외피에 병을 앓아 생겨날 수가 있고 악성빈혈, 비타민 B 결핍, 납중독 등으로 인해서 생기기도 한다. 색맹은 여성이 0.4%, 남성이 5% 정도로 남성이 여성보다 10배 이상 많다. 간혹 직장에서나 학교에서 색맹검사를 하는데 여성이 검사자로 나서는 것이 유리한 이유가 여기에 있고, 여성이 남성보다 색을 훨씬 정확하게 볼 뿐 아니라 예민하게 반응한다.

적록색맹인 사람이 생활하는데 별다른 불편을 겪지 않는 이유는 언제나 상식으로 알고 있는 사실대로 색을 지각하기 때문이다. 따라서 피는 반드시 빨강으로 인식하고 화장한 입술은 당연히 빨강으로 판단한다. 그래서 초록 립스틱으로 화장한 애인의 입술이 이상한 줄 모르는 것이다. 색맹이라고 해도 명암이나 형태, 세세한 모습 등을 구별하는데 별로 지장이 없다.

적록색맹인 사람이 운전을 할 때 정상적인 사람이 생각하는 것만큼 위험하지 않다. 교통신호등은 초록 신호보다 빨강 신호가 더 밝을 뿐 아니라 세계 어느 나라든 왼쪽에 빨강, 가운데는 노랑, 오른쪽에 초록이 배치해 있고, 세로로 놓일 경우 위쪽이 빨강, 가운데가 노랑, 아래쪽이 초록으로 위치해 있어 별 어려움 없이 신호를 구분한다. 그러나 의사나 간호사처럼 생명을 다루는 직업이나 비행기를 운전하는 파일럿과 같이 색의 구분이 위험과 직결되는 업무에 종사할 경우 아무래도 색맹은 곤란하므로 반드시 색맹검사를 거치게 된다.

선천적인 색맹은 시력에는 관련이 없고 근본적인 치료는 불가능하다. 이를 보완해주기 위해 개발된 렌즈는 빨강을 강조해서 초록이 빨강보다 어둡게 보이도록 한다.

세상의 예쁜 색을 제대로 볼 수 있는 당신은 행복한 사람이다.

그렇다면 동물도 인간과 같이 색을 볼 수 있는가?

동물은 종에 따라 눈의 구조와 특성이 다르기 때문에 색을 보는 것 또한 다르다고 알려져 있다. 현재까지의 연구에 따르면 인간과 같이 색을 보는 포유류는 원숭이 밖에 없다. 인간은 세 종류의 광수용기로 색을 보고 대부분의 포유류는 두 종류의 광수용기로 색을 보기 때문에 색맹이다.

곤충이나 어류, 파충류와 조류는 분명히 색채시각을 가지고 있다. 곤충의 색채시각은 인간과 매우 다르다고 알려져 있다. 나비는 인간의 눈에 보이지 않는 자외선을 아주 잘 본다. 모기는 분홍이나 노랑 모기장에 잘 내려앉지 않는다. 초록은 물고기의 눈에 가장 잘 보이는 색이고 파충류와 조류는 색채시각이 매우 잘 발달되어 있다. 새들은 대개 파랑을 잘 못 보지만 빨강은 놀라울 정도로 잘 본다.

포유동물들은 앞서 말한 바와 같이 대부분 색맹이다. 포유동물이 색맹이라는 사실은 색채에 시각으로는 느낄 수 없는 어떤 힘이 있다는 것을 뜻하기 때문에 많은 과학자들이 관심을 갖는다. 강아지를 즐겁게 해주기 위해서 빨강 옷을 입힌다거나 노랑 밥그릇을 준비하는 것은 애완견 주인에게 만족을 줄는지 몰라도 강아지에게 색은 그림의 떡이다. 단지 개는 흑백영화에서처럼 이 세상을 단색으로 볼 것이기 때문에 사물에 대한 좋고 싫고의 감정이 우리가 느끼는 것과는 사뭇 다를 수밖에 없다.

동물의 색채시각은 이 세상에 알려진 사실보다 알려지지 않은 것이 더 많다. 과학자들은 우리가 궁금해 하는 동물의 색채시각을 속속 밝혀낼 것이다. 동물이 어떻게 색을 보는가에 관심을 갖는 것은 인간의 색채경험을 이해하는 단서를 제공할 뿐만 아니라 동물의 시각원리가 우리 인간에게 새로운 도구를 만들어 낼 단서를 제공해주기 때문이다.

수술복은 왜 초록색인가

진찰실에서 진료하는 의사들은 흰색 가운을 입지만 수술실에 들어갈 땐 초록 수술복을 입는다. 수술복에는 색이 갖는 심리적인 효과 뿐 만이 아니라 과학적인 기능이 있다.

우리가 어떤 색을 보게 되면 눈에 그 색이 잠시 남게 되는데, 그 이유는 시각이 망막의 자극과 동시에 이루어지는 것이 아니고 끊어지면서 지나가기 때문이다. 어느 한순간 받아들여진 자극은 다음 자극으로 이어지면서 느낌이 지속된다. 필름영화는 이러한 눈의 특성을 이용하여 연속적인 움직임으로 느끼게 한다. 시각의 이런 현상과 함께 어떤 색을 보면 동시에 그 색과 반대되는 색도 나타난다. 많은 사람들이 모르고 지나칠 뿐이다.

수술복이 초록인 이유는 이러한 보색효과에 따른 심리적 · 물리적 기능 때문이다. 수술복이 흰색이라면 옷에 묻은 선명한 피가 의사를 자극할 수 있다. 초록 수술복에 피가 묻으면 갈색으로 보이기 때문에 이런 거부감을 약하게 하는 효과가 있다. 또한 초록은 빨강의 보색이다. 빨간 수술 부위를 오랫동안 바라보면 눈의 피로가 지속되고 흰옷을 바라볼 때 초록 잔상殘像이 나타나 혼란을 초래하기도 한다. 그러나 빨강을 응시한 눈이 초록을 바라보면 이러한 잔상이 나타나지 않는다. 또한 빨강으로 인해 긴장된 눈을 초록이 보완하여 쉽게 안구의 피로를 잊게 하는 효과가 있다.

우리는 초록을 통해 피로를 회복하고 마음을 안정시킨다. 눈의 피로와 마음의 피로를 풀어주는 초록은 물리적으로도 사람이 보는 빛의 파장 중심에 있다. 500nm(나노미터)의 파장을 갖는 초록은 자외선과 적외선의 중간에 위치해 있어 눈이 가장 편안하게 받아들이는 색이다.

보색에는 빛과 관계되는 물리적인 보색과 사람의 색채감성과 관계하는 심리적인 보색이 있다.

광원과 물체, 관찰자가 있을 때 광원에서 반사된 빛은 물체에 닿아서 일부가 흡수되고 나머지는 반사한다. 반사된 빛 중에서 흩어지는[산란] 빛을 제외하고 나머지가 관찰자의 눈에 물체의 색으로 보게 된다. 물체색에 대한 보색은 눈에 보이는 색을 제외한 빛의 합이다. 즉 100이라는 빛이 물체에 닿아 40이 흡수 또는 산란되고 60이 눈에 들어온다면 물체색의 보색은 40이 된다. 40과 60이 보색관계에 놓인다.

보색은 색을 지각하는 과정에서 물체와 눈, 눈과 뇌에 이르는 일련의 흐름이다. 빨강을 오래 들여다보면 빨강을 감지하는 세포가 자극을 받지만 보색인 초록을 감지하는 세포도 동시에 자극을 받는다. 빨강의 자극이 사라졌을 때

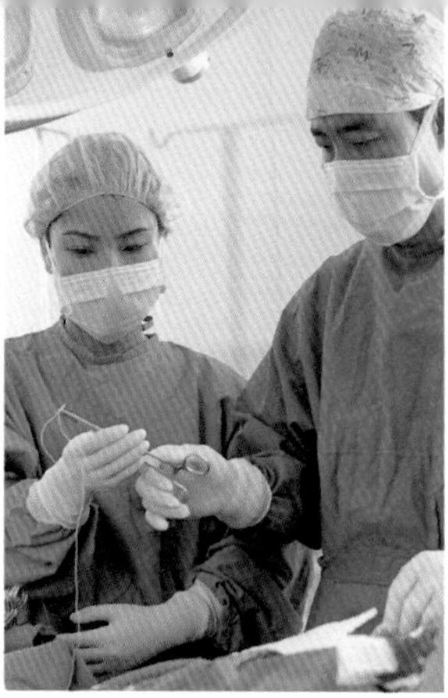

같이 자극 받았던 초록이 눈앞에 아른거리는 잔상을 보게 된다.

노랑과 파랑의 경우도 마찬가지다. 색상환色相環에서 마주보는 색이 보색이다. 보색잔상은 원래의 색보다 밝게 보이는 경우가 많은데 이는 색이 빛으로 감지되기 때문에 물체의 색에 빛이 더해지기 때문이다. 이 현상은 배색효과에도 강한 영향을 미쳐서 강한 대조를 이루는 색에 대해서는 강한 느낌을 주고 비슷한 색의 배합에 대해서는 부드러운 느낌을 준다.

사람의 감성은 반드시 물리적인 보색을 반대색으로 느끼지는 않는다. 빨강의 보색이 무엇이냐고 물으면 많은 학생들이 파랑이라고 대답한다. 이렇게 심리적인 보색은 그 사람이 가진 기존의 지식과 경험, 마음의 상태에 따라 다를 수 있다.

물리적 보색과는 달리 심리적으로 느끼는 반대색은 색이 인간의 감성에 미치는 영향을 고려한 것으로 정확하게 무슨 색과 무슨 색이 반대라는 식의 논리가 성립하는 것이 아니다. 그러나 우리가 통상 느끼는 감각에서 '따뜻하다'와 '차갑다'를 반대로 인식하는 것처럼 색에 관한 조사통계에 의해 정리한 것이 심리적 반대색이다.

빨강은 실제 초록과 반대색이지만 우리는 파랑과 대립관계를 갖는다고 느낀다. 심리적 반대색이 생활에 사용되거나 그림에 나타나면 서로 모순되는 느낌으로 인해 주목을 끈다. 반대색들은 보는 사람의 마음에 심리적 긴장을 만든다. 미술심리학에서는 보색대비나 심리적 반대색 대비를 일컬어 색 충돌이 일어났다고 하는데, 두 개의 특정정보를 우리의 신경계가 동시에 처리하기 위해 일어나는 심리적 긴장상태를 말한다. 보색이나 심리적 반대색은 잘 사용하면 강하면서도 멋진 효과를 주지만 자칫하면 유치해지기 십상인 배색이다. 이런 경우 디자이너들은 곧잘 긴장하면서 조화의 대책을 세우기 위해 고민한다.

사고를 예방하는 자동차의 색

자동차를 사는데 무슨 색이 좋겠냐고 물어오면 나는 짙은 파랑만은 피하는 것이 좋다고 일러준다. 통계를 보더라도 교통사고를 가장 많이 당하는 색이 파랑이다. 특히 어두운 파랑은 운전자의 숙련 정도를 감안하지 않고, 단순히 색 지각으로 본다면 확실히 불리한 색이다. 어두운 파랑은 다른 사람의 눈에 작아 보이면서도 멀리 있다는 느낌을 준다.

자동차가 실제보다 작아 보인다는 느낌은 색의 면적효과와 관련이 있다. 어두운 색이 밝은 색보다 작아 보이고 채도가 낮을수록 작아 보인다. 교통사고를 당하지 않기 위해서는 시인성이 높은 차가 유리하다. 시인성視認性은 멀리서 볼 때 잘 보이는 정도를 말하는데 일반적으로 시인성이 가장 뛰어난 색이 노랑이다.

그렇지만 시인성이란 독립된 색의 성격이 아니라 배경과 명도 차이의 크고 적음, 그리고 채도와 색상 차이가 큰 영향을 준다. 즉 시인성을 높이려면 배경에 대한 명도 차이를 크게 하고 색상을 강하게, 채도를 높게 하는 것이 유리하다. 위험을 알리는 경고의 색을 노랑과 검정으로 배색하는 이유가 여기에 있다.

색이 사람의 눈길을 끄는 정도를 주목성注目性이라 하는데 일반적으로 빨강 · 주홍 · 노랑과 같은 따뜻한 색이 주목성이 높고 초록 · 파랑 · 보라와 같은 차가운 색은 주목성이 낮다.

또한 색은 보는 사람의 눈에 다가오는 느낌을 주기도 하고 멀어지는 느낌을 주기도 하는데 이러한 거리감을 진출색 · 후퇴색이라 한다. 따뜻한 색이 진출색이고 차가운 색이 후퇴색이며 밝은 색이 어두운 색보다 진출하는 느낌이 강하다.

크기나 형태가 같더라도 색에 따라 크게 보이거나 작게 보인다. 색의 성질에 따라 크거나 작게 보이는 현상을 팽창색 · 수축색이라 하고 따뜻한 색과 밝은 색이 크게 보이는 팽창색이다.

자동차의 사고를 예방하기 위해서 가장 좋은 색은 노랑이다. 유아나 어린이가 탑승하는 자동차를 노랑으로 정해 놓은 이유가 이것 때문이다. 노랑은 가장 밝게 느껴지고 어떤 환경에서도 가장 먼저 눈에 띄는 색이다.

최근 흰색 승용차가 유난히 많다. 흰색 승용차는 우리나라 보다 일본에서 먼저 유행하였는데 이는 일본의 국민성과도 관련이 있다. 일본인들은 습도가 높은 기후 탓으로 목욕문화가 발달했고 당연히 청결을 중시한다. 흰색은 청결을 상징하고 솔직함을 중시하는 청렴결백의 색으로 일찌감치 자리 잡았다. 흰색은 자동차의 색으로 무난하다. 안전 측면에서 자동차의 색은 밝을수록 좋다.

짙은 파랑은 자동차의 색으로 아무래도 불리하다. 색의 면적효과 때문에 작아 보이고 시인성이 떨어질 뿐 아니라 주목성이 낮고 실제보다 멀리 있다는 느낌을 주기 때문에 교통사고를 유발할 위험성을 더 많이 안고 있다.

통계에 의하면 하루 중에서 교통사고가 가장 많이 일어나는 시각은 해질 무렵부터 완전히 어두워지기 직전이라 한다. 낮과 밤이 교차하는 시각에 사고가 가장 잦은 이유는 우리의 눈이 가진 시각 수용기에서 그 원인을 찾을 수 있다.

낮이나 밝은 곳에서 색채시각과 세부시각을 관장하는 원뿔모양의 시각 세포의 일종인 추상체(cone)는 망막 중심부에 약 6~7백만 개가 밀집되어 있다. 한편 밤이나 어두운 곳에서 명암을 식별하는 막대모양의 시각 세포의 일종인 간상체(rod)는 망막 주변부에 약 1억 2천만~1억 3천만 개가 고루 분포되어 고감도 흑백필름과 같은 역할을 한다.

영화관에 입장했을 때 한동안 눈앞이 캄캄하다가 어느 정도 시간이 지나면

서서히 사물이 보이기 시작한다. 추상체 시각에서 간상체 시각으로 변경되는 암순응 과정에서 간상체에 의해 좌우되는 지점이 간상체 · 추상체 분기점(rod-cone break)이다. 밝음과 어두움에 적응하는 비밀의 시간이다.

갑자기 어두워지면 간상체와 추상체의 민감도는 모두 증가하기 시작한다. 초기에는 추상체가 더 민감하여 추상체에 의해 시각이 좌우되지만, 간상체의 민감도는 계속해서 증가하여 암순응이 시작된 지 7분 정도 지나면 간상체가 추상체보다 더욱 활발해진다. 저녁 무렵에 실제로는 날이 어두워지고 있는데 점점 밝아오는 느낌을 받는 경우가 있다. 이것은 우리 시각 세포가 어두움에 적응하는 과정에서 일어나는 현상 때문이다.

우리의 눈은 낮 시간 동안에 노랑과 빨강의 범위에 있는 색을 잘 보지만 어둠에 적응된 눈으로는 파랑과 초록 범위의 색을 잘 본다. 실내 비상구의 컬러를 초록으로 설정한 연유도 여기에 있다. 즉 추상체 시각에서 간상체 시각으로 넘어가면서 빨강 계통의 색을 잘 볼 수 있는 능력이 감소하고 파랑 계통의 색을 잘 볼 수 있는 능력이 증가함을 의미한다. 이 현상을 푸르킨예 효과[Purkinje Shift]라고 한다. 우리 눈이 가진 신비로움 중의 하나다.

밤이 되면 색채와 명암을 구분하기 힘들어진다. 어지간한 물체는 무채색이 되고 모양이 흐릿하며 세세한 것을 구분할 수 없다. 또한 물체의 윤곽이 평면적으로 나타나기 때문에 눈의 초점을 맞추기 어렵다. 어두운 곳을 잘 보기 위해서는 반드시 비타민 A를 필요로 한다. 어둠에 적응하는 암순응이 진행되는 과정은 인체의 다른 부분에서 비타민 A가 망막으로 모여들고, 이 비타민 A가 옵신이라는 물질과 결합하여 약한 빛을 받을 때 광화학적 에너지를 방출하는 로돕신이란 물질로 합성된다. 임신한 여성의 50%가 야맹증에 걸리지만 대개는 가난한 사람들이 잘 걸리는 질병이다. 그래서 야맹증 치료에는 반드시 비타민 A를 필요로 한다.

비 내리는 날, 빨간 옷

지난 1986년부터 1991년까지, 6년간 경기도 화성에서 10 차례에 걸쳐 연쇄살인사건이 일어났다. 세상을 발칵 뒤집어 놓은 희대의 사건은 화성이라는 특별한 상황이 빚어낸 사건이었다. 그 당시 화성은 반월공단과 시화공단이 들어서면서 외지인이 많이 모여 들었다. 단순 작업을 하는 근로자나 자신의 일과 삶에 대한 정체성을 찾지 못한 사람들이 많았던 탓에 실제 그 무렵 화성에서는 성범죄가 기승을 부리고 있었다. 또한 인근의 수원 · 인천과 같은 대도시에서 소외되었다는 박탈감도 범죄의 동기가 될 수도 있었을 것이다. 최근에는 외국인 노동자들까지 대거 거주하게 되면서 엽기적인 살인사건이 계속되고 있다.

아직도 사건을 해결하지 못한 희대의 살인극을 소재로 한 영화 "살인의 추억"이 많은 사람들의 관심을 끌기도 했다. 끔찍한 화성연쇄살인사건의 이면에는 비 내리는 날과 빨간 옷이 도사리고 있다.

비 내리는 날은 햇볕이 없기 때문에 세상이 푸르스름한 색조로 보인다. 그런 날에 사진을 찍으면 파란 빛이 감돌기 때문에 크림색 필터를 사용하여 자연색을 살린다. 파랑은 감정을 차분하게 만든다. 비 내리는 날은 기압이 낮고 어둡기 때문에 기분이 가라앉는다. 우울증세를 가진 사람은 더욱 우울해지고 파랑이 갖는 의심과 불신의 부정적 성향이 나타난다.

파랑은 비현실성과 공상, 감상적인 자기만족으로 흐르는 경향도 있다. 피곤과 나태함으로 출발해 우울한 상태로 들어가 급기야 심각한 무기력증에 이를 수 있고 자포자기하는 상태의 범죄심리로 확산 될 우려가 있다. '봄비'라는 노래의 가사에서 보듯 파랑을 연상시키는 비는 온통 슬픔과 감상적인 분위기에 휩싸여 있다.

에릭 모스 박사가 지적한 바에 따르면 정신이상자들은 자기가 언제나 위험에 처해있다는 생각에 잠겨 있다고 한다. 그래서 자기에게 닥친 난관을 도피하려는 경향을 보인다. 이 경우 히스테리성 전색맹이 진행되면, 색을 감지하지 못하는 순서가 보라, 초록, 파랑의 순이고 맨 마지막으로 빨강을 감지하지 못한다. 정신상태가 불안한 환자들은 도피성향을 상징하는 초록을 가장 좋아한다. 빨강의 보색인 초록은 바깥을 향한 감정적인 공격인 미움이나 성적충동을 억제시키기 때문이다. 따라서 정신이상자들의 눈에 빨강은 소용돌이치는 감정에 불타는 느낌과 유혈이 낭자한 느낌을 주게 된다.

파랑의 심리적 반대색인 빨강은 자극적이고 활동적이며 의지력을 특징으로 삼는 색이다. 스펙트럼의 첫 번째에 위치하는 빨강은 애정과 흥분, 진취적 기상, 신체적인 힘, 강인함과 연결된다. 육체적인 사랑과 욕망도 빨강이 지닌 독특한 감성이다. 따라서 빨강은 성범죄의 대상이 되기 쉽다. 육체적인 잔인성이 나타날 수 있기 때문에 빨강이 지닌 강렬함과 본질적인 힘이 격렬한 분노로 자랄 가능성이 있다. 빨강을 보게 되면 폭력과 무자비함, 원망과 혐오감이 드러날 소지가 있다.

화성연쇄살인사건이 매스컴을 타면서 비 내리는 날, 여인은 빨간 옷을 입지 말라는 소문이 나돌기도 했다. 물론 범죄심리에서 보면 비 내리는 날은 빗소리로 인해 소리를 은닉하기 쉽고 범죄 흔적이 남을 확률이 적다는 측면도 있다. 미제사건이다 보니 범행동기가 밝혀지지 않았지만 이러한 소문에는 색채심리와 범죄심리 측면에서 충분한 근거가 있다. 추정하건데 범인은 분명 우울증에 시달리는 사람일 것이다. 우울증은 태양빛에 나서면 증세가 호전되는 특징을 가지고 있는 것만치 비 내리는 날에는 증세가 한층 심해진다. 파란 색조의 비 내리는 날, 범인은 빨강에 적대감과 잔인함 감정이 자기도 모르게 폭발했을 것이다.

비 내리는 날에 입는 빨간 옷은 가라앉는 감정을 보완하기 좋은 색이다. 빨강은 원초적 에너지를 주기 때문에 기분전환에 매우 효과적이다. 그러나 범죄와 같은 극단적 상황에서는 매우 불리한 색으로 바뀔 우려도 있다. 여성을 대상으로 한 화성연쇄살인사건은 하나같이 잔인하고 끔직한 결과를 보여준다. 항간에 나도는 '비 내리는 날의 빨간 옷'이 정말 범죄에 밀접하게 연관된 것인지 알 수 없지만, 인적이 드문 곳에서 우울증 환자의 눈에 보이는 빨강은 인간의 원초적 폭력이 거침없이 드러날 수 있음을 알아두는 것이 좋겠다. 색은 인간의 감정을 이런 식으로 극단으로 몰고 가는 경우가 있다. 인간의 심리가 복잡하듯 색에 대한 감정 또한 미묘하다.

남자의 색, 여자의 색

둘째 아들이 초등학교 다닐 때 빨간 점퍼를 사준 적이 있다. 친구들이 여자 옷 입고 학교 왔다고 놀려댔다고 한다. 그 후로 녀석은 절대로 붉은 색 옷을 입지 않는다. 빨강이나 분홍, 하물며 노랑이나 주황까지도 경계심을 드러낸다. 옷 뿐 만이 아니다. 문구나 신발과 같은 자기 물건의 색에 대해 예민한 반응을 보이곤 했다.

분홍 자전거는 여자아이, 파랑 자전거는 과연 남자아이 것인가?

우리나라의 전통적인 상징체계에서 보자면 빨강은 남성의 색이고 파랑은 여성의 색이다. 빨강은 양陽으로 불을 상징하고 남성이며 공격적인 이미지를 갖는다. 반대로 파랑은 음陰으로 물을 상징하고 여성이며 수동적인 이미지를 갖는다. 이러한 상징은 서양에서도 마찬가지로 적용된다.

전통혼례에 쓰이는 용품으로 혼수를 넣는 함에 빨강 · 파랑의 비단과 치맛감을 넣는데 빨강 감은 파랑 한지로 정성스럽게 싸서 홍실로 동심결을 맺고, 파랑 감은 빨강 한지로 싸서 청실로 동심결을 맺는다. 이는 파랑과 빨강, 즉 음양의 상생하는 조화를 함에 담는다는 의미를 갖는다. 물론 음을 상징하는 파랑은 신부를, 양을 상징하는 빨강은 신랑을 의미한다. 우리의 태극에서 보듯 파랑은 여성이며 땅이고, 빨강은 남성이며 하늘을 상징한다. 혼인은 이러한 음양의 조화이자 남녀의 결합이면서 하늘과 땅이 결합하는 의식이다. 뿐만 아니라 청사초롱 불을 밝히고 파랑과 빨강으로 조화를 이룬 스란치마를 입는 것은 이러한 음양의 조화에 기본을 둔 사상에서 비롯되었다.

분명한 역사적 근거가 있음에도 불구하고 반대로 적용하는 까닭은 1920년대 서양에서 여자 아기에게는 분홍색 옷을, 남자아기에게는 하늘색 옷을 입히는 베이비 컬러의 유행에 따라 남녀의 색에 대한 혼선이 생겼기 때문이다. 유행은 사람을 마취시키는 효과가 있다. 특히 특정한 색이 유행하면 다른 색은 진부해 보인다. 이는 어느 집단이든 동류의식이 발동하기 때문인데 남들과 다르다는 불안심리가 작용하는 탓이다. 성별에 관한 색채상징의 잘잘못을 따지는 것은 무의미한 일인지도 모른다. 그러나 전통적 상징으로 보면 지금과 반대되는 상황이라는 사실을 알아두는 것도 나쁘지 않다.

중 · 고등학교 때는 일본 군인을 연상시키는 검정 교복을 입었는데 우리 반 아이 중에서 짙은 남색 교복을 입고 다니는 녀석이 있었다. 엄밀하게 따지면 검정이나 별반 차이가 없음에도 불구하고 그 친구를 생각하면 그 옷 색깔이 연상되는 걸 보면 확실히 색과 개인의 연관이 큰 것이 분명하다.

색의 선택은 우리 집 둘째 녀석의 경우처럼 집단이나 사회의 인식에 강한 영향을 받는다. 여자아기의 분홍에서 빨강이나 연한 빨강인 분홍이 여자의 색으로 자리매김하였다. 이러한 보편적 인식으로 색은 기호화되는데 가령 화장실 안내판이 남자는 파랑 또는 하늘색, 여자는 빨강 또는 분홍으로 통용된다. 대중에게 의사를 전달하는 기능 측면에서 색채의 기호화는 필요하다. 일상에서 사용하는 화장품, 옷 또는 남녀를 구분할 필요가 있는 각종 제품에 남성과 여성을 상징하는 색을 적용하더라도 그것은 기능에 관한 구분의 수단으로 이해하는 것이 좋다.

이 세상에 존재하는 수백만 색 중에 좋은 색 나쁜 색을 구분하는 것은 어리

석은 일이나. 어떤 색이든지 그 나름대로 느낌이 있고 그 색에 대한 싫고 좋음은 순전히 개인의 취향에 관한 몫이다. 어떤 색이 어떤 상황에서 좋은가, 어느 색과 잘 어울리는가 하는 선택의 문제가 있을 뿐이다.

맛있는 색, 맛없는 색

눈에 보기 좋은 음식은 식욕을 자극한다.

몇 년 전까지만 해도 나는 집사람한테 미맹味盲이라고 놀림을 받곤 했다. 타고나기를 소음인의 왜소한 체구에다가 소식小食을 할 뿐더러 선친으로부터 절대 음식투정을 하지 말라는 가르침이 몸에 밴 탓도 있다. 그러나 나이가 들고 점차 맛있는 음식, 보기 좋은 음식에 관심을 갖게 되면서 이제는 미식가 축에는 끼지 못할지라도 꽤나 음식에 관심을 보이는 편이다.

누구나 수저를 들기 전에 차려놓은 음식의 맛을 대충 한 눈에 알아차린다. 음식이 주는 시각적 효과 때문이다. '중국 사람들은 맛으로 먹고, 일본사람들은 눈으로 먹고, 우리나라 사람들은 배로 먹는다'는 말이 있는데 생각해 보면 일리가 있다. 음식도 문화의 중요한 단면이기 때문에 그 나라만의 독특한 풍토와 정신이 배어있기 마련이다. 중국음식은 종류가 무궁무진해서 하늘에는

비행기, 땅에는 자동차, 바다 속 잠수함을 빼고는 다 먹는다는 속설처럼 대국답게 음식의 재료에 귀천이 따로 없다. 일본은 그 나라 사람들이 갖는 미적 감각과 더불어 전통적으로 나무로 만든 그릇을 주로 사용하기 때문에 가급적 자연그대로의 색감을 살린다.

우리나라는 일본과는 반대로 끓이는 요리가 발달했다. 당연히 음식의 색감이 약해진다. 오랫동안 약한 불에 끓인 진국과 뜨거운 물에 데친 나물, 김치나 곰삭은 젓갈과 같이 양념과 발효의 영향으로 재료의 본래 형태와 고유한 색이 사라진다. 우리나라의 음식은 일본처럼 재료의 색을 살리는 것이 아니라 삭고 깊어진 맛을 소중하게 여기고 색은 양념과 고명으로 살린다.

식욕을 돋우는 색은 빨강이다. 어떤 음식을 먹더라도 빨간 김치는 우리 식단의 기본을 차지하는 색이자 메뉴인 것이다. 개인의 취향에 따라 색이 식욕에 관여하는 정도가 다르겠으나 일반적으로 맛있어 보이는 색은 빨강과 주황계열이다. 또한 복숭아색, 갈색, 엷은 초록도 식욕을 돋우는 색이다. 선사시대의 인류가 잘 익은 과일을 채집해서 살아가던 기억의 DNA가 지금 우리에게 남아 본능으로 되살아난 까닭이다. 빨강이나 주황 계통의 색이 식욕을 돋우지만 너무 많이 사용하면 조잡해 보인다. 특히 빨강은 적게 쓸수록 매력적으로 보인다. 반대로 보라와 파랑 계통의 색은 신선도가 떨어져 보이고 부패한 느낌이 들기 때문에 불쾌감을 주기 쉽다.

연한 색을 띤 음식들은 순색처럼 맛이 있다거나 맛이 없다는 거부감을 일으키지는 않는다. 연한 색 중에서 가장 맛있게 보이는 색은 주황색 계통이고 연

한 파랑이나 보라도 순색에 비해 맛이 그런대로 괜찮아 보인다.

음식점의 조명은 주황과 같은 따뜻한 색이 좋다.

어느 초겨울에 학생들과 함께 종강파티를 한 적이 있다. 깔끔한 인테리어와 젊은이의 취향에 맞춘 훌륭한 분위기를 갖춘 음식점임에도 불구하고 한창 손님이 들끓어야 할 시각에도 우리 일행 밖에 없었다. 쓸쓸하게 카운터에 앉아 있는 주인에게 나는 실내조명을 바꾸어 볼 것을 권유했다. 그 파란 금속성 조명 탓으로 음식이 온통 푸르스름하게 보여 도대체 식욕이 동하지 않았기 때문이었다.

파랑은 식욕을 억제하는 색이 분명하지만, 다른 색으로 요리한 음식을 돋보이게 만들어 준다. 그래서 파랑은 음식의 배경색으로는 아주 좋은 색이기 때문에 파랑 식탁 위에 놓인 음식은 깔끔하고 맛있게 느껴진다.

식욕을 돋우는 색은 그릇의 색에도 관련이 많다. 붉은 김치나 소박한 나물, 끓인 음식과 같이 색이 약한 음식은 백자와 같이 흰 그릇에 담으면 분위기가 친근할 뿐만 아니라 색감도 보완해 주는 효과를 준다. 화려한 그림으로 장식된 그릇은 요리의 느낌을 반감시킬 우려가 있으므로 수수하고 자연스러운 그릇이 좋다. 또한 여름날에는 청자에 하얀 쌀밥을 담으면 산뜻하게 계절감이 돋보일 뿐 아니라 밥맛이 살아난다.

피부색과 화장색

아름다워지고자 하는 욕망은 시대를 초월한다. 우리네 옛 여인들 또한 이 시대 못지않게 외모에 관심이 많았던 모양이다. 고구려 고분 벽화에 등장하는 여인은 하얀 피부, 빨갛고 도톰한 얼굴, 볼그스레한 볼, 초승달 같은 눈썹을 하고 있으니 여인의 아름다움에 대한 안목은 예나 지금이나 크게 다를 것이 없다.

신라의 여인들은 옷의 길이가 길고 색이 화려해 화장 또한 화려했고 액세서리도 옷에 어울리게 우아했을 것으로 추측된다. 삼국사기의 기록을 보면 문무왕 때 모든 부녀자들의 복장을 당나라와 동일하게 하라는 교지를 내린 것으로 보아 당나라 여인들과 같이 분을 바르고 눈썹을 그려 화장하기를 권했던 것으로 보인다.

고려에서는 중국의 기녀妓女 제도를 본받아 교방敎坊을 두어 제도화할 만큼 삼국시대보다 화장술이 더욱 발전하였다. 고려 말에는 계층에 따라 화장법이 달랐다고 하는데 기생들은 화려하면서도 짙게, 여염집 아녀자들은 은근하면서도 엷게 화장을 하였다.

조선시대에는 여러 풍속화에서 보듯이 하얀 살결에 연분홍 뺨, 앵두 같은 입술, 초승달 같은 눈썹에 반질반질 윤기 흐르는 머릿결을 미인으로 보았다. 특히 검고 윤기 흐르는 머리채를 갖기 위해 동백기름이나 아주까리기름을 골고루 바르고 참빗으로 손질하여 빛나는 머릿결을 유지했다. 조선시대의 미인은 검은 머리와 흰 살결의 조화미를 추구했다. 지금의 파운데이션에 해당하는 기초화장품은 조개껍질을 곱게 갈아 기름을 섞고 누에고치로 얼굴에 골고루 발랐다. 화장품 용기인 분합은 여인의 소중한 소지품으로 청자나 백자로 만들었다.

멋지게 화장을 한 여성을 보면 기분이 좋다. 화장은 다른 사람에게 자기를 보여주는 원초적 수단이다. 훌륭한 화장은 생활에 활력을 준다. 화장은 얼굴이라는 입체에 색을 입히는 일이다. 사람은 저마다 얼굴의 형태가 다르고 피부색이 다르기 때문에 세심한 감각과 기술을 필요로 한다.

백인들은 피부나 눈동자의 색이 각각 달라서 자신이 가진 얼굴 색감을 다양하게 화장으로 조화시킬 수 있지만 우리나라 여성은 검은 머리, 검은 눈동자가 대부분이기 때문에 화장의 색 연출이 만만치 않다.

우리나라 여성의 피부색은 크게 황색계와 분홍계로 나눌 수 있다. 좀 더 세분해서 보면 황색계에서는 노르스름한 피부[올리브스킨 Olive Skin]와 햇빛에 약간 그

을린 듯한 황갈색 피부[토니스킨 Tawny Skin], 그리고 우리나라 여성의 70%를 차지하는 자연스러운 황색피부가 있다. 그리고 분홍계는 흰 피부[아이보리스킨 Ivory Skin]와 희면서도 붉은 기운이 있는 피부[러디스킨 Ruddy Skin]로 나누어 볼 수 있다.

흰 피부에는 분홍 · 보라계열이 잘 어울리고 희면서도 붉은 기운이 도는 피부에는 파랑 · 자주색 화장색이 잘 어울린다. 또한 노르스름한 피부는 연두나 초록 또는 오렌지색이 좋고 황갈색 피부에는 카키나 갈색이 잘 어울린다. 이런 색은 피부의 색과 유사성을 갖기 때문에 무난함을 줄 수 있다. 그러나 개성을 강조하고 싶을 때는 이러한 유사성을 무시하고 자기만의 독특한 감각을 발휘할 수 있게 화장색을 연출하는 연습이 필요하다.

하얀 종이에 그림을 그리기가 좋듯이 훌륭한 파운데이션은 색조화장을 돋보이게 하는 기본이다. 파운데이션은 피부색을 아름답게 하고 눈 · 입술 · 볼 화장의 색을 깨끗하게 하면서도 선명하게 살려주는 기능을 가질 뿐 아니라 얼굴에 입체감을 강조해 준다. 밋밋한 얼굴보다는 윤곽이 선명하게 살아나는 얼굴이 훨씬 매력을 준다.

색조화장을 하기 전의 기초적인 파운데이션은 3색으로 준비하는 것이 좋다. 기본 피부색이 되는 주색과 강조색, 그림자 색[섀도우Shadow]을 표현하기 위한 3색 파운데이션을 잘 활용하면 얼굴에 음영을 주고 결점을 훌륭하게 보완할 수 있다. 주색 파운데이션은 자신의 얼굴색보다 약간 밝은 색을 골라야 한다. 대개 손등에 발라보고 선택하는데, 손등은 얼굴보다 색이 어둡기 때문에 얼굴색에 가장 가까운 팔뚝 안쪽에 발라보는 것이 좋다.

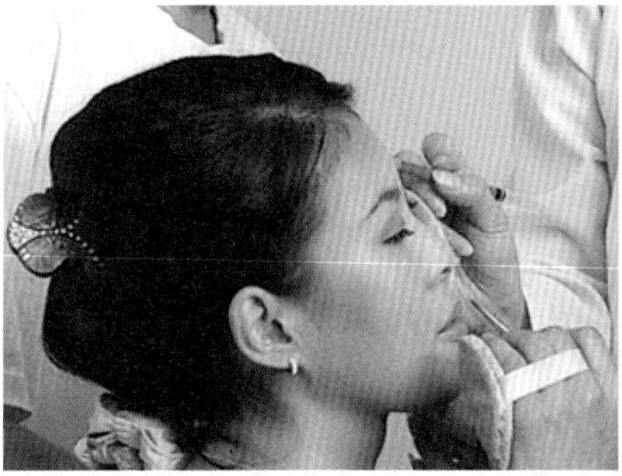

색조화장에 있어서 파운데이션과 볼 화장, 입술 화장은 비슷한 계열의 색이 무난하고 눈 화장은 액세서리 감각으로 의상과 어울리도록 한다. 일반적인 황색피부의 여성은 노랑 기운이 있는 분홍 볼 화장, 오렌지 계통의 입술화장이 무난하다.

화장품회사들은 소비자들이 어떤 색을 받아들일 것인지에 대해 집중적으로 관심을 보인다. 인터넷을 비롯한 매스컴은 세계의 유행색을 퍼뜨린다. 유행은 개성과 반대방향으로 향하는 속성이 있기 때문에 색채감각이 약한 여성이나 나이가 젊을수록 유행을 쫓아가기 쉽다. 유행의 굴레에 묶이지 말고 자신만의 풍요로운 색채를 구사해야 독특한 아름다움을 살릴 수 있다.

분위기와 목적에 맞는 색채조화를 갖추는 능력은 현대여성의 기본 감성이다. 색채 선택은 얼굴의 각 부위와 전체와의 조화에 따라 이루어지기 때문에 배색의 기법을 습득하는 것이 중요하다. 여성의 아름다움은 사회를 지탱하는 힘이고, 예술의 출발점이며 시대를 초월한 미덕이다. 그리하여 멋진 화장은 자기만족뿐만 아니라 주위 사람들에게 즐거움을 주는 행위가 된다. 여성들이여, 화장을 하자.

청출어람

외국으로 유학 간 제자들이 간혹 편지를 부쳐온다. 답장에 곁들여 부드러운 한지에 어줍잖게나마 먹물로 '청출어람青出於藍'이라 쓰고 빨간 도장을 찍어서 보내주곤 한다. 한자에 둔감한 녀석들이라 혹시 읽지도 못할까봐 노파심이 동해서 친절하게 설명까지 달아준다. "청출어람! 쪽에서 나온 푸른 물감이 쪽보다 푸르다"는 뜻으로 춘추전국시대 유학자이자 성선설을 주장한 순자의 근학편에 나오는 말이다. 학문에 뜻을 두었으니 열심히 공부해서 스승을 능가해달라는 나의 부탁이다.

남색이라 부르는 쪽[람藍]빛은 파랑의 백미다.

시골에서 자란 어린 시절의 봄날은 파란 하늘과 초록빛 들판, 분홍 진달래가 지천으로 흐드러져 온통 원색 천지였다. 허리춤까지 자란 보리밭에 드러누우면 금방이라도 푸른 물감이 쏟아질 듯한 그 파란 쪽빛 하늘, 하늘 한복판을 중심으로 파랑 기운이 줄어들면서 절묘한 그라데이션을 펼쳐 가는 가장자리까지 온몸 가득 쪽빛에 젖어 이 세상은 완전히 내 몫이 되곤 했다. 도회지 생활에 익숙한 요즘, 어쩌다 눈 시린 쪽빛 하늘을 만나지만 귓가에 종달새 소리 쟁쟁한 그 시절 쪽빛을 담아볼 마음의 여유가 없다.

천자문 첫머리 "하늘 천, 땅 지, 검을 현, 누를 황"에서 검을 현은 바로 쪽빛을 두고 하는 말이다. 하늘이 깊고 푸르다못해 검게 보일 정도이니 옛사람들 눈에는 가없는 하늘빛이 얼마나 현묘해 보였겠는가.

쪽풀은 전 세계에 두루 자라는데 그 나라의 기후와 환경, 풍습에 따라 염색하는 방법이 다르지만 대부분의 나라에서 쪽 염색을 하고 있다. 고려와 조선 중기에는 쪽물이 귀했던 탓으로 서민들은 사용하지 못하다가 조선말에 이르러 대중적인 염색으로 자리를 잡았다. 쪽풀 속의 쪽 함유량은 꽃이 피기 직전에 가장 많다. 쪽 염색이 잘 되는 옷감은 무명 · 삼베 · 모시 · 명주와 같은 자연섬유이고 화학섬유는 잘 염색되지 않는다. 쪽으로 염색한 옷은 헤질 때까지 퇴색하지 않는 것이 특징이다. 쪽으로 염색한 옷을 입고 있으면 뱀이나 해충들이 접근하지 못하는데 쪽 성분이 제독제除毒劑 역할을 하기 때문이다. 이런 이유로 옷감의 염색은 물론 그림물감이나 책표지에도 오랜 기간 애용해 왔다.

쪽은 염색방법이나 천의 종류에 따라 색깔이 조금씩 다르다. 보통 4회 정도 쪽물에 담갔다가 말리면 밝은 하늘색이 되고 10회 이상 여러 차례 염색할수록 짙은 파랑이 된다.

우리나라 사람들은 쪽빛을 좋아한다. 쪽빛은 영원한 하늘의 색이고 그리움의 색이다. 쪽빛은 청결 · 심원 · 성실 · 창조 · 발전의 의미를 담고 있다. 깊고도 품위 있는 파랑이 품위를 더해주기 때문이리라. 이런 이유로 많은 기업들이 자기네 고유색으로 쪽빛을 선호한다. 내가 근무하는 대학에서도 교색校色을 결정할 때 제일 먼저 추천한 색이 쪽빛이다. 홍익인간의 교육이념을 담은 하늘의 컬러, 쪽빛을 감히 누가 싫다고 하겠는가.

신입사원으로 면접을 받는 자리에서 무난한 복장도 쪽빛 정장이다. 파랑은 누구에게든 거부감이 적고 성실한 인상을 준다. 그래서 신입사원들은 짙은 파랑 정장을 입는 것이 좋다. 파랑은 젊음의 색이다. 짙은 파랑은 이성과 직관, 창조성을 결합시킨다. 파랑을 좋아하는 사람은 신중하고 보수적인 신념을 가지고 있다. 정열을 나름대로 잘 관리하며 착실하게 생활한다. 파랑이 비즈니스맨에게 잘 어울리는 이유는 이러한 긍정적인 느낌을 주기 때문이다.

비즈니스맨에게 가장 무난한 옷은 흰색 와이셔츠에 짙은 파랑의 정장이다. 이런 복장은 정신적 영리함과 이성적인 판단에 적합한 배색이고 사회적인 평판에 거부감이 없다. 그래서 상담을 하거나 프리젠테이션 자리에서 신뢰감을 준다.

파랑은 지성과 연결된다. 형식보다 내용을, 감성보다 이성을 내세우는 색이다. 첨단 기술을 내세우는 회사나 통신회사, 신용을 생명으로 여기는 은행들은 파랑을 사용하는 경우가 많다. 남성 화장품의 파란색 용기는 비즈니스맨의 이미지로 이어진다.

검정 정장은 점잖아 보이긴 하지만 특색이 없고, 갈색은 공식적인 자리에서 너무 드러나 보이므로 경박해 보인다. 회색은 보수주의 인상을 줄 우려가 있고 자칫하면 고리타분해 보인다. 미국인의 이상이자 젊은 대통령의 상징인 케네디가 짙은 파랑 정장차림으로 대중 연설을 하면서 선풍적인 인기를 끌었다. 파랑은 오래 지속되어야할 관계의 색이고 객관적이고 이성적인 판단에 잘 어울린다. 당신이 성공을 원하는 비즈니스맨이라면 파랑을 가까이 해보는 것이 어떨까.

무채색의 자유

서울 사람들의 가장 큰 혜택은 아마도 우람한 한강과 우아한 북한산이다. 세계 어느 나라 수도에 이렇게 대단한 강과 그리 높지도, 결코 낮지도 않은 산이 있단 말인가. 북한산의 잘생긴 화강석을 보면 조선 선비의 올곧은 지조와 해박한 문인을 연상시킨다. 우리나라는 화강석의 나라다. 회색 돌덩이에 우리의 눈 맛이 길들여져 있다. 잘생긴 돌산은 비단 서울뿐만 아니라 전국 어느 산에서나 볼 수 있다. 설악산은 말 할 것도 없고 남도의 월출산과 달마산의 화강석은 훌륭한 수묵화 그대로다.

우리의 건축에 화강석이 차지하는 비중은 실로 대단하다. 궁궐이나 사찰의 주춧돌과 기단, 누마루의 기둥과 층댓돌까지 화강석은 우리 건축공간에 썩 잘 어울린다. 경복궁 경회루의 화강석 기둥이나 불국사 석탑과 석교는 말할 것 없이 석굴암과 같은 불상에 이르기까지 우리의 조형미는 회색 화강석에서 출발하였다 해도 과언이 아니다. 우리나라 어디를 가나 질 좋은 화강석이 있

고 그 돌을 다루는 솜씨는 세계 어디에 내놓아도 손색이 없다.

화강석은 회색이다. 처음 다듬어낸 화강석은 담백한 흰색에 가까운 회색이지만 세월의 때를 묻혀가면서 누르스름한 회색으로 색깔이 바뀐다. 그 담백한 무채색은 색깔을 물리친 어두움과 밝음의 중간을 택한다. 색깔의 아무런 상징이 없는 회색은 자신을 드러내지 않고 남에게 여지를 내어주는 겸허함이 있다. 유채색은 공간을 구분하고 해체시키지만, 무채색은 공간을 유지한다. 지극한 절제의 아름다움과 비움의 정신이 회색 화강석에 깃들어있다.

노자老子는 말한다. "찬란한 오색의 빛이 사람의 시각을 멍들게 하며, 난잡한 오음의 음악소리가 사람의 청각을 혼란케 하며, 잡다한 음식의 맛이 사람의 미각을 상하게 하며, 멋대로 말을 몰아달리며 사냥하는 놀이가 사람의 마음을 미치게 만들고 얻기 어려운 귀중한 재물은 사람을 타락시킨다." 그래서 탐진치貪嗔痴 삼독三毒을 경계하는 승려의 옷이 회색이다.

우리나라는 석탑의 나라다. 중국은 전탑(벽돌탑)의 나라요, 일본은 목탑의 나라라고 불리는 것만치 그 나라의 재료가 그 나라 사람들의 색감과 조형감각을 만들어왔다. 회색 석탑은 형태를 솔직하게 드러낸다. 유채색은 공간의 부피를 흐릿하게 만들지만 무채색은 공간의 부피를 분명하게 강조한다.

무채색은 세상의 모든 색을 삼킨 색이다. 그래서 회색은 내면의 안식과 평안, 자유를 담고 있다. 겉으로는 드러내지 않고 안으로 몰입시키는 내면의 자유를 우리는 회색 화강석에서 실감한다. 흑백영화처럼 색을 포기하면 내용이 살아난다.

회색은 빛의 강약에 의해서 생겨난다. 어두움과 밝음의 중간에 서는 회색은 어느 쪽에도 치우치지 않는 중용의 성향을 보여준다. 그래서 회색은 단아하고 부드러운 이미지로 나아간다. 삶의 번잡함을 끊고 물체와 인간의 마음이 하나가 되는 지점에 회색이 있다. 회색은 색채심리 측면에서 시각적인 평형상태를 유지하고 마음에 평온을 제공하는 색이다.

화강석을 떡 주무르듯 다루어왔던 우리의 석공들은 아마도 색깔이 없는 무채색의 자유공간에서 형상에 집중하여 갖가지 석물을 만들었던 게 아닌가 하는 생각을 갖게 만든다.

무지개 식단

누구나 병원 신세를 지지 않고 오래 살기를 원한다. 평온한 마음 상태와 균형 있는 생활이 건강을 유지하는 비결이다. 옷 색깔이 신체와 정신에 영향을 주듯이 음식 색깔 또한 건강에 직접적인 관련을 갖는다.

무지개 식단은 질병을 예방하고 건강을 유지하기 위한 방법이다. 의식적인 식단보다 생체 리듬에 맞게 자유롭게 먹어야 에너지를 유지할 수 있다. 채식 중심이나 육식 중심에 관계없이 무지개 식단은 균형 잡힌 식사를 위해 필요하다. 이 식단에는 세 가지 원칙이 있다. 녹말과 탄수화물은 물론 단백질의 섭취를 곡식을 통해서 해결하고, 과일이나 채소를 먹을 것이며, 지방은 불포화 지방인 생선을 통해 섭취해야 한다는 점이다. 또한 육류의 섭취는 그 두 배에 해당하는 식물성 음식과 채소로 다양한 색깔의 음식을 먹어야 균형을 유지할 수 있다.

빨강은 활동적이고 건강한 면역체계를 갖도록 만드는 색이다. 토마토나 딸기는 암을 유발하는 독소를 제거하는 역할이 있다고 알려져 있다. 그러나 붉은색 육류나 커피를 너무 많이 섭취하면 적개심이나 조바심이 일어나 분노를 유발할 수도 있다.

주황 음식은 식욕을 자극하고 소화를 촉진한다. 음식의 색 중에서 가장 맛있는 느낌을 주는 주황은 오렌지 색소가 대기오염이 야기하는 해로움을 방지하는데 도움을 주고 강력한 노화방지 효과를 발휘한다. 특히 오랜 시간 햇빛에 노출된 상황에서 일하는 사람들에게 좋다.

노랑 음식은 행복과 즐거움을 준다. 태양의 생명력을 상징하는 노랑은 지성이 강화된 활력을 주고, 새로운 아이디어를 찾는데 도움을 준다. 또한 긍정적이면서도 행복한 태도를 함양하고 유머 감각을 돋우는데 도움이 된다. 노랑 음식은 신경계를 활성화시켜 뇌에 영양을 공급함으로써 정신기능을 강화하고 기억력을 증진시킨다. 또한 간장과 비장을 맑게 해주는 효과가 있다. 파인애플과 바나나 속에는 신경계에 필수적인 영양분이 들어 있다.

초록 음식은 자연이 가진 균형과 조화를 가져오는 힘이 있다. 균형 있는 건강에 필수적인 초록 음식을 즐겨하는 사람들은 가정과 일 사이에 균형 감각이 있고, 다른 사람들에 대한 포용력도 풍부하다. 몸을 알칼리성으로 만들어 주는 초록 식물은 노폐물을 씻어 냄으로써 몸을 정화하는 기능을 한다.

포도와 자두, 보랏빛 양배추와 같은 보라색 음식은 정신적 측면과 쉽게 연결되어 창조적 에너지를 몸 전체에 흐르게 한다. 직관과 내면의 지혜가 솟아나

마음의 평화와 정서적인 균형을 회복하는데 도움을 준다. 보라색 음식은 파랑의 냉각효과와 빨강의 자극효과를 동시에 지니고 있어 정신을 고양하고 영감을 주는 일에 도움이 된다. 등 푸른 생선과 붉은 색 양파, 보라색 강낭콩은 지나친 자극 없이 최고의 영양분을 제공한다.

한방에서는 붉은 색 음식을 양의 기운으로 보고 보라 · 초록 · 파랑의 음식을 음의 기운으로 본다. 모든 질병은 음양의 균형이 깨어지는 것에서 나타나므로 음식을 통한 조화는 건강유지의 기본이 되는 셈이다. 음의 기운이 강한 음식만을 지나치게 섭취하면 추위 · 눈물 · 우울증과 같은 증상이 나타나고 양의 기운이 많으면 고열 · 탈수, 몸이 화끈거리는 증상이 나타난다. 음과 양은 서로 끌어당기는 힘이 있기 때문에 음식의 색채 에너지 역시 자연스러운 조화가 중요하다.

신체의 생리적 성향은 무지개 스펙트럼의 노랑과 빨강에 위치하여 주로 따뜻한 색 계열의 음식을 섭취하기 쉽다. 우리는 붉은 색 고기나 달걀과 같이 양의 기운이 강한 음식을 즐겨 먹는 경향이 있다. 신체의 균형을 위해 의도적으로 파랑과 보라색을 띠는 음식이 도움이 된다. 해조류와 생선, 그리고 수분이 많고 찬 음식이 여기에 해당한다. 그래서 스펙트럼의 중앙에 해당하는 초록 음식이 식단의 많은 부분을 차지해야 음양의 균형을 유지할 수 있다. 초록 채소와 과일은 지나친 단백질의 섭취에서 오는 부작용을 방지하는데 도움을 준다.

꽃들의 전쟁, 화투의 색

온라인에서는 물론이거니와 우리나라 남성들은 셋 이상 모이면 곧잘 고스톱을 즐긴다. 90년대 무렵에는 공항대합실에서도 고스톱을 치고 직장인들이 점심시간에 식사를 기다리는 동안에도 화투판을 벌이곤 했다. 명절과 같이 오랜만에 친지가 모이는 자리에서도 곧잘 화투장이 오갔는데 역시 여럿이 즐길 수 있는 실내 놀이로서는 화투가 제격이었다.

화투花鬪를 우리말로 풀어보면 꽃들의 싸움이다. 48장이 펼치는 오묘한 조합이 화투의 매력이다. 화투를 치다보면 그 사람의 성격이 금세 드러나서 좋다는 사람들도 있다. 불같은 성미의 소유자인지 판의 흐름을 간파하는 전략가인지 대충 알 수가 있다고 한다.

화투는 조선시대 젊은 층의 노름놀이 투전鬪錢과 사대부들의 오락 수투數鬪가

일본으로 건너가 18세기 무렵에 지금의 형태로 만들어졌다. 우리나라 사람들이 즐기는 요즘의 화투는 구한말에 일본을 왕래하던 상인들이 대마도에서 들여왔다는 설도 있다. 화투는 일본의 풍습과 풍속화를 근간으로 만들어져 왜색풍이라는 논란이 많으나 그 출발이 우리 것이라 하니 그나마 다행이다.

화투는 1년 12달을 기본으로 디자인 된 것이다. 식물이나 동물, 생활상을 그림의 소재로 삼고 있다. 오랜 세월을 두고 변형에 변형을 거듭한 것이라 일본의 전통문화와 풍습을 이해하는 도구로 볼 수도 있겠다.

화투의 색은 빨강 · 노랑 · 파랑 · 검정과 같은 4원색을 중심으로 표현했다. 원색의 배색과 상징으로 화투는 화려하고 강력하다. 원색의 배색은 고급스러운 느낌보다는 강한 대비와 선명한 이미지를 표현하기에 적합하다. 화투의 색은 놀이라는 기능에 맞추어 색으로 빨리 인지할 수 있도록 정리되었음을 알 수 있다.

빨강 바탕에 하양 글자의 광光은 에도시대 봉건영주인 다이묘를 상징한다. 또한 파랑 바탕에 검정 글자의 청단이나 빨강 바탕의 검정글자의 홍단은 경조사 때 천막으로 사용하는 휘장인 '만막'을 형상화한 것이다.

光
홍단
光
청단
光
光

세시풍속을 보여주는 1월은 초록 소나무를 검정으로 대치했고, 2월의 하얀 매화 3월의 연분홍 벚꽃을 빨강으로 표현한 것은 강력한 느낌을 주기 위한 단순화 전략이다. 흑싸리라고 부르는 4월의 보라색 등나무 꽃과 난초라 부르는 5월의 보라색 붓꽃 두 경우 모두 검정으로 표현했다. 6월의 모란과 7월의 싸리 · 멧돼지, 8월의 공산명월, 9월의 국화, 10월의 단풍 · 사슴은 본래의 색에 충실한 편이다. 11월의 오동梧桐과 봉황鳳凰은 형태의 변형이 심하고 색 또한 과격해서 무슨 그림인지 얼른 간파하기 어렵다. 열매가 맺힌 노랑 오동잎, 봉황은 닭인지 우렁이인지 알지 못할 형태와 색으로 변형되어 있다. 12월의 비雨는 매우 낯선 풍경인데, 이것은 일본의 3대 서예가 중의 한사람인 오노 도후의 설화를 시각화한 것으로 12달 중에서 가장 일본색이 강하다.

현재 우리가 사용하는 화투는 200년이 넘는 세월동안 변화를 거듭해왔다. 현재 일본 화투와 우리나라 화투는 디자인이 다르다. 우리 화투는 우리 방식의 색으로 진화해 왔다. 외래 문물은 언제나 그 나라의 풍토에 맞게 바뀐다. 조선시대의 투전이 일본으로 건너가 화투가 되고 일본의 화투가 우리나라로 건너와 지금의 모양과 색이 되었다. 화투에는 이름 모를 민중의 디자이너들이 구사해온 색이 담겨 있다.

사랑을 부르는 색

사랑에 빠지면 세상이 달라 보인다. 괜히 실없이 실실 웃고 다니는 사람이 있는가 하면 그 전에는 눈길조차 주지 않았던 저녁노을을 바라보면서 눈물 짓기도 한다. 사랑의 열병이 강할수록 어떤 현상이나 상황에 대해 더욱 예민하게 반응하는데, 특히 색에 대한 의식이 강해진다.

"오늘밤만은 그댈 위해서 분홍의 립스틱을 바르겠어요. 그대 가슴에 지워지지 않을 분홍의 입술자국 새기겠어요……" 우리 가요 중에서 많은 사람들이 좋아하는 '분홍 립스틱' 노랫말처럼 분홍은 이성異性의 사랑을 부르는 색이다. 분홍은 연약하고 부드럽고 따뜻하고 달콤하다. 분홍은 피부의 색이며 누드의 색이다. 에로스는 피부의 접촉을 원한다. 이성간의 사랑은 궁극적으로 몸으로 귀결되기 때문이다. 분홍은 사랑의 감정을 표현하고 연상하는 색이다. 연애편지는 분홍빛 편지지가 제격이다. 분홍 표지의 책은 연애소설이나 순정만

화를 연상시킨다.

분홍은 봄날의 색이다. 봄날은 신체의 신진대사가 왕성하여 특히 여성에게 사랑의 기운이 활발해지는 계절이다. 또 다른 가요 중에서 "연분홍 치마가 봄바람에 휘날리더라. 오늘도 옷고름 씹어가며……" 운운하는 노래에서 보듯이 봄과 사랑, 분홍은 여성의 감성을 녹이는 이미지로 통합된다.

프랑스 사상가 몽테뉴(1533~1592)는 육체적 쾌락을 경멸하는 것은 어리석은 일이라 했다. 그는 고상한 척 점잖을 부리는 사람들에게 "마나님을 끌어안고 즐기실 때에는 철학 강의를 들으실 때 이상으로 정력과 정액을 뿌려서는 안되는 것"이라고 야유를 보낸다. 몽테뉴는 "철학자가 무엇이라고 말하든 우리의 최종 목표는 쾌락"이라고, 우리 인간이 즐겁고 행복하게 살아갈 권리를 주장한다. 인간의 궁극적 행복은 자유에서 나온다. 사랑이든 연애이든 쾌락이든 타인의 자유와 권리를 해치지 않는 범위에서 개인이 누리는 행복은 자연의 섭리이다.

예전에 분홍은 강요받은 여성스러움을 나타내는 색이었지만, 이제는 여성 스스로 여성성을 강조하며 자신감을 표시하는 색이다. 풍부한 감성과 부드러운 여성성이 각광 받는 시대에 분홍을 좋아하는 취향을 당당하게 내세울 수 있게 되었다. 빨강과 하양의 전혀 다른 이미지가 결합된 분홍은 우아하면서도 귀엽다. 남성의 관점에서는 여성의 색이면서, 여성 자신에게는 사랑스러운 삶과 환상을 추구하는 색이다.

분홍이 여성의 색이 된 것은 역사적으로 제1차 세계 대전 이후였다. 붉은색이던 군복이 인디고블루로 바뀌면서 푸른색이 남성의 색이 되었다. 전통적으로 동서양을 막론하고 붉은색은 불과 남성을, 푸른색은 물과 여성을 상징했다.

밝은 분홍은 봄꽃처럼 연약하고 사랑스러우며 순결해 보인다. 반면 마젠타를 거쳐 자주색에 가까워지거나 분홍이 보라나 검정과 배색될 때는 에로틱한 유혹의 감정까지 유발한다.

프로이트는 인간 생활의 모든 영역에 에로스가 깔려 있고, 에로틱한 공간은 본능의 가시적 표현이라고 주장한다. 홍조 띤 피부색인 분홍은 관능적이고 미묘하며 감상적이다. 그래서 신혼부부가 단꿈을 꾸는 공간은 분홍으로 연출한다.

김빠지는 이야기가 될는지 모르겠지만 과학자들은 사랑이라는 감정을 두뇌의 화학적 작용으로 보고 있다. 술을 마시면 알코올이 중추신경을 마비시켜 정신이 몽롱해지고 감정이 격해지는 현상과 유사하다. 상대방에게 호감을 느끼면 대뇌의 변연계에서 화학적 작용이 시작되면서 도파민이라는 신경전달물질이 분비되어 그 사람의 얼굴을 보는 것만으로도 행복감을 느낀다. 사랑의 열정에 눈이 멀게 되면 중추신경을 자극하는 페밀에틸아민이 분비되고 이때쯤 되면 사랑하는 사람을 껴안고 싶은 충동이 일어나면서 옥시토신이라는 호르몬이 분비되는데 이 물질로 인해 성적행동이 유발된다.

과학자들의 연구에 의하면 이러한 열정적 사랑은 길어야 30개월 이내에 사라진다고 한다. 생존을 위해 인간의 신체가 그렇게 설계되어 있다. 마치 밤늦도록 마신 술도 이튿날이면 말짱하게 깨듯 3년 이상 지속되는 열정적인 사랑은 기대하지 않는 것이 좋겠다.

분홍은 시대를 초월하여 사랑과 행복을 상징한다. 분홍은 여성의 부드러운 에너지를 나타내는 색으로 남성과 여성의 벽을 넘어 누구에게나 이끌리게 만드는 힘이 있다. 그러나 분홍을 유난히 싫어하는 여성이라면 혹시 타인으로부터 여성다움을 강요당한 불만의 표출일 수도 있다. 다이어트 후에 폭식을 하듯 여성성의 강요에 대한 불만이 여성을 상징하는 색깔을 의도적으로 기피함으로써 보상을 받겠다는 심리의 발현이다. 인간에게는 특정한 결핍에 대해 균형을 맞추려는 보상심리가 있다. 보상심리가 반드시 나쁘다고 할 수는 없다. 매슬로의 욕구단계이론(hierarchy of needs theory)에서 가장 높은 단계의 자아실현 욕구는 이러한 보상심리에서 발현되는 경우가 많기 때문이다.

스타킹이 만드는 색이름

색이름은 쉬운 듯하면서도 어렵다. 같은 색을 놓고도 표현하는 사람에 따라서, 나라나 민족에 따라서 매우 다양한 것이 색이름이다. 빨강 · 파랑 · 노랑과 같은 색이름이야 별 문제될 것이 없겠지만 빨강 중에도 노랑기운이 어느 정도 섞이느냐에 따라 색이 달라지고, 색이름도 다양해질 수밖에 없다. 헤아릴 수 없이 많은 색에 일일이 이름 붙여 부른다는 것은 불가능한 일이다.

'빨강'이라는 말을 다른 말로 바꿀 수는 없다. 사과 색, 일장기의 색이라 한다고 해서 그 의미가 같을 수 없다. 실제의 색과 색이름 사이에는 큰 차이가 있다. 사과가 빨갛다고 해서 빨강은 아니다. 그렇다고 그 빨간 사과를 빨갛지 않다고 말할 수도 없다. 사물의 색과 그 색이름에 차이가 나는 것은 수사법에서 환유換喩라고 부르는 비유의 형식에서 유래한 것이 많다. 특히 부분을 통해

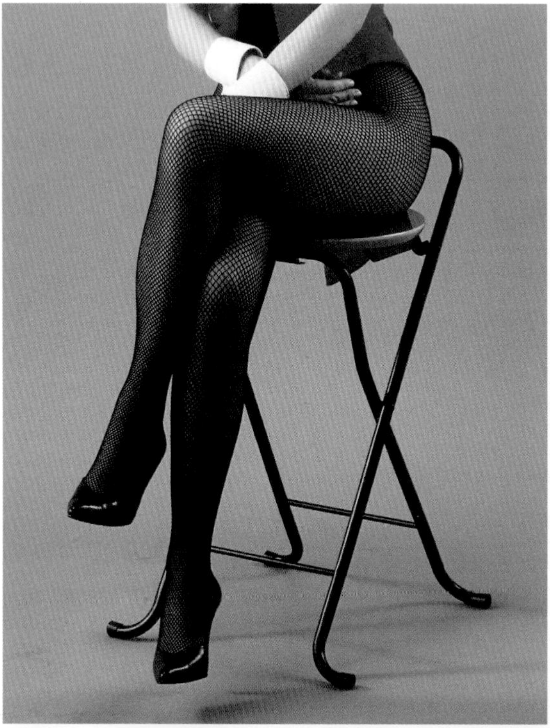

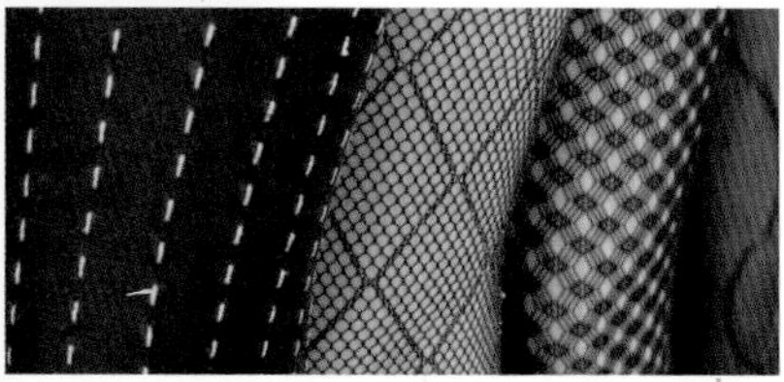

전체를 말할 때 실제와 색이름에는 차이가 크다. 조카는 실내화 주머니를 두 개 가지고 있는데 하나는 파랑 주머니라 부르고, 나머지 하나는 검정 주머니라 부른다. 그 주머니 몸체는 각각 짙은 갈색과 회색인데 단지 손잡이 끈이 하나는 파랑이고 하나는 검정이기 때문에 그런 식으로 부른다.

색이름은 풍토와 문화에 따라 다르다. 에스키모들은 흰색의 색이름을 마흔 가지 넘게 나누어 부른다고 한다. 에스키모들은 하얀 세상에 적응해서 살아야 한다. 언어학자들이 밝혀낸 바에 따르면 에스키모들의 세분화된 말들은 흰색의 색이름들이 아니라 다양한 눈의 상태를 가리키는 말이라고 한다.

색이름 가운데 가장 시적이고 어려운 말은 아마 스타킹의 색일 것이다. 여성의 피부와 민감하게 반응하는 스타킹은 처음에 회색 · 흰색 · 갈색과 같이 단순한 이름에서 출발했다. 최근에는 살구색 스타킹을 누드 · 라이트베이지 · 소프트베이지 · 누드베이지 등 미세한 톤의 변화를 준 제품이 시장에 선보이기도 했다.

상품의 경쟁이 치열해지면서 각종 형용사와 사물을 대치해가며 색이름의 표현을 시도해왔다. 같은 종류의 색에서도 밝음과 어둠의 느낌을 달리하는 스타킹은 색 견본에 따라 미묘하게 세분화된다. 예를 들자면 산비둘기 · 쥐 · 두더지 · 커피 · 진흙 · 상아 · 청동과 같이 사물에 견주어 색 이름을 붙이기도 한다.

스타킹과 속옷의 이름은 여성의 마음을 은근하면서도 교묘하게 끌어당기는 힘이 있다. 색이름은 명확하지 않은 색깔을 다양하게 표현할 수 있다. 가령 담배연기 · 샴페인 · 캐러멜과 같은 말들은 각기 희끄무레하다, 불그스레하다, 노르스름하다 등의 형용사로 말하기 힘든 색깔을 쉽게 대치시켜준다.

그러한 이름들도 이제는 단순한 색조에서 벗어나 분위기를 나타내는 것으로 바뀌어간다. 안개 · 새벽 · 애무 · 구름 · 먼지와 같은 모호한 색을 연상시키는 말이 급기야 색견본에는 허무, 환멸, 사랑의 밤, 꼭 그렇지 않은 출발, 죄, 도취와 같이 시적인 표현이 상품의 이름으로 표현된다. 이러한 서양식 색이름의 영향으로 우리나라에서도 아침햇살, 해조미인, 갈아 만든 배와 같은 시적이며 정서를 자극하는 상품명으로 등장한다. 이러한 상품의 이름이나 색이름은 특정한 언어 감수성을 지닌 문필가에서 나오는 것이 아니라 소비자를 다분히 의식한 상술의 전문가들이 만들어 낸다. 상업적 발상에서 나온 것이라 하더라도 다양한 색이름을 사용하는 일은 정서가 메마른 현대인에게 조금이라도 기쁨을 줄 수 있다는 면에서 긍정적인 작용을 한다.

기분을 바꾸는 속옷의 색

광고회사에 근무하는 후배는 프레젠테이션 자리에서 언제나 과감하게 원색차림을 한다. 평상시에는 복장에 신경을 거의 쓰지 않다가 이런 자리에서 과감한 옷을 입으면 자신감이 생겨서 광고주를 훨씬 더 잘 설득할 수 있다고 한다. 그런 후배가 어떤 보수적인 광고주 앞에서는 반드시 점잖은 복장을 하라는 상관의 지시 때문에 고민을 해서, 나는 주저 없이 원색 와이셔츠와 속옷을 챙겨 입어라고 권했다. 나중에 들으니 원색의 겉옷 못지않게 화려한 속옷도 자신감을 주더라고 했다.

수 십 년 전까지만 해도 속옷은 하양이거나 염색을 하지 않은 천, 즉 소색素色으로 만들어 입었다. 염색기술이 시원찮아서 세탁을 하면 색이 빠지기도 했고 색깔이 있는 속옷은 음탕하거나 불순하다는 도덕적 관념이 있었다. 속옷

뿐만 아니라 피부에 직접 닿는 이불이나 수건 따위도 흰색이었다. 점차 줄무늬가 들어가거나 엷은 파스텔 색조였다가 이제는 아예 무지개 색처럼 원색의 속옷도 대중화되었다. 파랑이나 검정 와이셔츠, 분홍 속옷, 자주색 수건이나 보라색 이불에 이르기까지 색깔이 요란해졌다.

속옷의 색은 사회적, 도덕적 의미를 갖는다. 어떤 사람은 속옷의 색깔로 그 사람의 성격을 파악할 수 있다고 주장한다. 요즘에는 특히 여성의 속옷을 여러 가지 색으로 세트화해서 판매하는 경우가 많아서 색깔 하나만으로 성격을 판단하기란 아무래도 쉽지 않다.

과거에는 하얀 속옷은 위생적이고 점잖은 색이고, 검정 속옷은 부도덕하고 음란한 색으로 간주했다. 그러나 요즘에는 검정 겉옷에 맞추어 곧잘 검정 속옷을 입는다. 더 이상 검정 속옷이 매춘부의 옷이나 음탕한 여성의 것으로 취급당하지 않는다. 오히려 자신의 피부에 검정 속옷이 잘 어울린다고 여기는 여성이 있을 만치 검정 속옷은 멋진 색이 되었다. 도발적인 유혹을 자극하는 빨강 속옷은 성적으로 분방하고 매력 있어 보인다.

하얀 속옷은 청순하고 순진하며 산뜻한 느낌을 준다. 어느 조사에 의하면 남성들에게 가장 성욕을 자극하는 여성의 속옷으로 하양을 꼽았다고 하는데, 남성은 도발적이고 화려한 여성의 속옷보다 청순한 이미지의 여성을 좋아하는 모양이다. 여성의 속옷은 몸을

가리고 보호하는 기능 이전에 어느 광고처럼 보여주기 위한 것인지도 모른다.

여성의 속옷은 역사적으로 독특한 색 체계를 가지고 있다. 예전에는 속옷을 감추어왔다. 그러나 몸이 이 시대의 화두가 되면서 속옷은 하나의 당당한 패션으로, 대단위 시장을 형성하는 산업으로 성장했다. 그리하여 갖가지 형태와 기능, 색깔로 우리 시대를 장식한다. 현대 여성들은 매일 다른 색깔의 속옷을 입으면서 그 날의 기분을 바꾸기도 한다.

남성용 또한 속옷의 형태와 색깔이 과거와는 확연하게 달라졌다. 중립적이고 평범한 하얀 면 내의가 시원한 감촉의 재질로, 갖가지 문양으로 그 자리를 차지하고 있다. 남성들도 넥타이를 고르듯 속옷을 골라야 한다. 광고회사에 근무하는 후배처럼 분홍이나 빨강 속옷을 즐겨 입는 남성이야 드물겠지만, 겉으로 과감한 패션을 추구하기 힘들어하는 남성들은 안전하면서도 은근히 기분을 바꿀 수 있는 몇 가지 특이한 색깔의 속옷을 갖는 것도 추천할 만하다. 표범무늬 속옷이면 어떠랴, 어차피 속옷은 자신의 기분에 맞추면 그만이니까.

봄날의 색

봄은 겨우내 움츠린 몸과 마음을 열어준다. 나뭇가지에 돋아나는 연초록 이파리는 마음을 녹여주고 우주와 자연의 신비를 생각하게 한다. 매년 오는 봄이지만 나이에 따라 느낌이 다르고 화려한 봄꽃의 종류만큼 사람의 마음도 가지각색이다. 중국의 어느 선사禪師는 봄날 복숭아 꽃잎을 들여다보고 순식간에 깨달음을 얻었다고 한다. 그래서 봄은 우리에게 많은 생각을 선사한다.

춘정春情! 봄날에 유독 성적 욕망이 활발해지는 이유는 봄의 원색이 인간의 마음을 흔들어 대뇌에서 신경전달물질이 활발하게 분비되기 때문이다. 춘정은 이성에게 다가가고 싶은 원초적 그리움의 감정이다. 그리하여 봄은 사랑의 계절이다. "나 보기가 역겨워 가실 때에는 말없이 고이 보내 드리우리다.

영변의 약산 진달래꽃 아름따다 가실 길에 뿌리우리다. 가시는 걸음걸음 놓인 그 꽃을……" 분홍 진달래꽃에는 가누기 힘든 연정이 있다.

17세기 프랑스 사상가 라로슈코프는 연애를 두고 "영혼에서는 지배적 감정이며, 정신에서는 동정이고, 육체에서는 많은 비밀을 거듭한 뒤에 사랑의 상대를 소유하려는 은밀하고도 미묘한 욕망"이라고 했다. 성적 욕망은 인류의 생존과 번성을 지속시키는 근본이다. 다만, 질서를 유지하고 투쟁을 경계하여 인간은 성욕을 교묘하게 위장한다. 인류 최초의 전문직이 매춘이란 말처럼, 성과 생존의 문제는 본능을 초월한 숙명이기도 하다.

춘화春畵는 문자 그대로 보자면 봄의 그림이 되겠으나 누구나 알다시피 남녀의 성행위를 그린 그림이고 보면 봄이 주는 몸과 마음의 에너지는 색과 밀접한 관련이 있다. 그래서 여성의 성적 매력을 여색女色이라 하지 않은가? 또한 봄처녀는 언제나 꽃과 함께 등장한다.

옛 화가들은 봄날의 꽃을 즐겨 그렸다. 우리의 꽃 그림은 중국의 치밀하고 화려함과는 달리 소박하고 은근한 친밀감을 준다. 길섶 어디에서나 만날 수 있는 그런 풀과 꽃이 많다. 산천에 지천으로 피어나는 제비꽃 · 장다리 · 패랭이 · 봉선화 · 원추리 · 맨드라미 같은 꽃들이 우리 옛 그림에 자주 나온다. 봄날의 색은 화려하되 지나침이 없다.

조선 후기의 미스테리 화가 혜원惠園 신윤복申潤福(1758~?)은 봄날의 춘정을 남녀의 사랑으로 담아낸다. 봄날에 느끼는 사랑의 감정은 진달래나 철쭉과

같은 화려한 분홍과 빨강으로도 담아낼 수 없는 생명력이다. 알 듯 모를 듯 남녀의 연애감정을 그려내는 신윤복의 풍속화 속에서 우리는 봄의 풋풋한 냄새와 꽃의 향기 그리고 남녀의 가슴에 가득한 연분홍 사랑의 색을 읽는다. 그리하여 살아있음의 환희와 성적 에너지의 충만을 절묘하게 그려낸 화가의 감성에 탄복하게 되는 것이다.

꽃이 주는 색깔의 의미

한 다발의 꽃을 받는다면 그 누가 마다하겠는가. 그렇지만 흰색 포장지에 검정 리본을 단 하얀 국화를 선물 받는다면 당신은 진정 즐거워할 것인가? 멀쩡한 사람한테 죽음을 위로하는 이러한 행동을 할 턱은 없겠으나 이 세상 수많은 꽃들은 나름대로의 의미를 간직한 꽃말이 있다.

조선시대 궁중에서는 생화로 장식하지 않고 가짜 꽃을 사용했다. 임금이 감상하는 꽃이 시들면 곤란하니 진짜 꽃과 같이 정교하게 비단과 모시로 만들었다. 조선 왕실은 공예전문가 화장花匠을 두고 살아 있는 꽃을 꺾지 않고도 색깔과 모양, 향기까지 재현하는 궁중채화宮中綵花를 제작했다. 궁중채화는 최고급 원단을 염색해 만든 비단꽃으로 화사한 모란 · 연꽃 · 매화에 벌 · 나비 · 새 등의 상서로운 동물로 정교하게 제작했다. 이러한 채화는 살아있는

식물을 훼손하지 않는다는 농경사회의 식물숭배사상을 배경으로 삼국시대부터 시작해 고려시대를 거쳐 조선시대에 가장 성행했다. 궁중 의례와 잔치에 채화를 다양하게 활용했다.

왕실뿐 아니라 사대부들이 사랑을 받은 윤회매輪回梅는 밀랍으로 만든 매화꽃으로, 왕실뿐만 아니라 사대부의 사랑을 받았다. 실학자 이덕무는 윤회매를 만들어 한 가지에 10전씩 받고 친구들한테 팔았다고 전해진다.

어사화御賜花는 조선시대 과거에 급제한 사람에게 임금이 하사하던 종이꽃이다. 용재총화에 따르면, 참대오리 2개를 종이로 감고 비틀어 꼬아서 군데군데에 다홍 · 보라 · 노랑의 꽃종이를 꿰었다고 한다. 이런 대오리를 2세트로 구성하여 아래에는 꽃받침으로 간주되는 커다란 종이를 꽂고 위에는 파랑 · 노랑 · 빨강 종이꽃을 여러 개 붙였다. 급제한 사람은 어사화의 한쪽 끝을 복두幞頭(각이 지고 위가 평평한 관모) 뒤에 꽂고 다른 한 끝은 명주실로 잡아매어 머리 위로 휘어 넘겨서 입에 물고 스승을 비롯해 그동안 신세를 진 어른들을 찾아 3일 동안 거리를 돌아다니는 삼일유가三日遊街를 하였다. 임금이 베푸는 잔치인 진찬進饌 때 임금이 내린 다홍 · 보라 · 노랑 등의 종이꽃을 신하들이 사모紗帽에 꽂고 돌아가는 풍속이 있었다. 이 또한 어사화의 일종이다.

요즘 칠순잔치나 팔순잔치에 축의금을 내지만 선조들은 그림선물을 했다. 생일을 축하하는 그림에는 칠순 노인을 뜻하는 고양이, 팔순 노인을 상징하는 나비와 함께 꽃을 그려넣었다. 빨강과 분홍으로 그린 패랭이꽃은 시골 아

가씨 같다고 해서 '청춘'이란 꽃말을 지니고 있다. 오랑캐꽃은 등을 긁을 때 사용하는 효자손처럼 생겨 '뜻대로 된다'는 의미를 지녀 여의초如意草라 불렀다. 사대부가의 생일잔치 선물 그림은 꽃의 의미와 풍요를 담고 있다.

누구나 꽃을 좋아한다. 꽃의 색깔은 형태와 더불어 다양한 의미를 지닌다.

백합이나 난초와 같은 하얀 꽃은 섬세하고 청순하며 순수한 이미지를 갖는다. 전통적인 색채상징으로 흰 꽃은 음의 기운이 강해 조화弔花로 활용하는데, 주로 국화를 사용한다. 하얀 꽃을 분홍으로 포장하여 좋은 일을 맞이한 윗사람에게 선물하기에 적격이다. 중요한 직책을 맡게 된 사람에게 그 직무를 청결하게, 순수한 마음으로 수행해달라는 부탁의 의미까지 전달할 수 있겠다.

프리지아 · 해바라기 · 샤프란 · 감국 · 원추리 · 수선화와 같이 노란 꽃은 따뜻하고 유머스러운 이미지를 갖는다. 졸업이나 입학과 같은 날에 선물하기에 적합하고 친구끼리 주고받기에도 좋은 색깔이다. 주황이나 주홍 꽃은 사교적인 인상을 준다. 혹시 주위 사람에게 마음을 상하게 한 일이 있었다면 이런 색깔의 꽃을 선물하면 어떨까?

가장 정열적인 빨강은 열렬한 사랑을 전하기에 적격이다. 장미와 같이 원색의 빨강을 자랑하는 꽃은 자극적이면서도 사랑스럽고 변덕스러운 그녀의 마음을 돌려놓을 수 있는 꽃이다. 아이리스나 꽃창포와 같은 보라색은 예술적이면서도 중후한 이미지를 가지고 있다. 좋은 일이 겹쳐 어쩔 줄 몰라 하는 사람이 있다면 들뜬 기분을 진정시키는 효과도 기대할 수 있다. 사랑스러운 아들딸이나 조카에게는 화사한 분홍이 잘 어울린다. 분홍은 매력적이고 애정이 가득할 뿐 아니라 귀여운 이미지를 가진 꽃이기 때문이다.

보나르(1883~1945)는 '우정론'에서 "연애의 경우는 믿어주기를 바라고, 우정의 경우는 자신의 속마음을 알아주기를 바란다"고 했다. 마음을 주고받는 건 연애이든 우정이든 마찬가지다. 마음은 일정불변의 상태로 머무르지 않는다. 인간관계에서는 더욱 그러하다. 속마음을 전달하는 매개체로써 편지나 선물이 필요하다. 꽃 한 송이도 우정과 사랑을 담는 그릇으로 훌륭한 방식이다.

꽃은 색깔로써 사람 사이의 관계를 보다 부드럽게 만드는 위력이 있다. 말로써 표현하기 힘든 상황이라면 한 다발의 꽃을 선물해보자. 그리하여 꽃은 색깔이 지닌 이미지로 당신의 마음을 대신해줄 것이다.

노인을 위한 색

고령화 사회로 접어들었다. 출산율 감소와 의학 기술의 발달, 생활 위생의 개선, 농업을 비롯한 산업 생산력의 증대에 힘입어 수명은 점점 늘어나고 전체 인구 대비 노령 인구 비중이 빠른 속도로 높아지고 있다.

한때 경기도는 경로당에서 화투치며 소일하는 노인들에게 형형색색 포장용 끈을 제공해 바구니와 같은 생활용품을 만들게 하는 사업을 시행한 적이 있었다. 이 작업은 노인들에게 색깔을 접하면서 손을 집중적으로 사용한다는 점에서 장려할 일이다.

색을 즐기는 노인들은 치매에 걸릴 우려가 적고 오래 살 확률도 높다. 색을 마음껏 표현하는 화가들은 장수하는 경향이 있다. 다산연구소에 따르면 영유아 사망률이 높았던 조선시대 평균수명은 35세, 직업 화가인 김홍도는 환갑을 넘겨 살았고 진경산수를 개척한 겸재 정선은 83세로 장수했다. 현대 미술

의 지평을 연 피카소는 92세, 운보 김기창 화백은 88세에 타계할 때까지 왕성하게 그림을 그렸다. 적극적으로 색을 사용하는 생활은 온갖 스트레스를 풀 수 있어 젊음을 유지하는 비결이다.

색은 고유한 파장과 진동수를 갖는 에너지의 한 형태로 생명체에 생리적·심리적 영향을 미친다. 이것을 임상에 적용한 것이 바로 색채치료이다. 눈을 통해 들어오는 빛의 형태인 색은 뇌에 영향을 미쳐 자율신경계의 균형에 관여하기 때문에 오래전부터 치료의 방법으로 사용됐다. 치료 효과가 좋은 색은 빨강과 파랑이다. 순수한 색일수록 몸의 반응이 빠르다. 그러나 최근 다양하게 소개되는 색채치료 방법과 효과 중에는 명확하지 않은 경우가 많으므로 맹신해서는 곤란하다.

인간의 피부는 건강을 알려주는 감지장치로 한방에서는 색진色診이라 하여 얼굴색의 변화를 통해 오장육부의 상태를 진단한다. '안색이 나쁘다'거나 '파랗게 질린다'는 말에서 보듯 피의 흐름에 변화가 생기면 피부색이 바뀐다. 몸은 기분 좋은 색채 환경에서 색과 빛을 통해 자연 치유력을 촉진시킨다.

그림 그리기를 취미로 삼거나 집안을 조화롭고 아름답게 꾸미는 일도 좋은 색채 활용법이다. 옷 색깔을 골라 입는 행위나 색조 화장도 색을 통해 필요한 에너지를 공급받는 일종의 창조적 행위이다. 색을 이용하는 기쁨은 감각을 자극해 뇌에 균형 잡힌 활력을 불어넣는다. 생활에서 색을 적극적으로 활용하면 쾌감이 생겨나고 의욕도 높아진다.

노인을 위한 방을 꾸미는 일은 그 사람의 여생을 즐기게 될 삶의 과정에서 중요한 부분을 차지한다. 나이가 든다고 해서 미적 감정이 사라지는 것은 아니다. 열일곱 살에 바라보던 멋진 한강이 일흔 살에 바라본다고 무덤덤한 것은 결코 아니다. 감성은 나이와 상관없이 그대로 남아 있다. 몸은 늙어도 마음은 이팔청춘이란 말처럼 노인을 위한 생활공간은 더욱 세심한 미적 감각을 필요로 한다.

늙으면 외로움과 두려움이 증가한다. 그래서 사랑스런 느낌을 주거나 호감을 갖도록 하는 색이 제격이다. 활동반경이 좁기 때문에 노인들의 주위에 다양한 색을 배치하고 마음을 따뜻하게 만드는 배려를 해야 한다. 어둡고 쓸쓸한 환경에 살면 소극적이 되기 쉬워 가급적 햇살이 잘 들도록 가구와 커튼을 배치한다. 특히 색에서 발산하는 생생하고 다양한 자극은 삶의 태도를 긍정적으로 바꿀 수 있다.

성취욕구가 유별나게 강한 사람은 나이가 들수록 빨강에 끌리는 경향이 있다. 아직도 무엇인가를 정열적으로 해낼 수 있다는 자신감의 발현이다. 그러나 일반적으로 늙을수록 부드럽고 연한 색에 이끌린다. 이러한 현상은 색의 자극에서 본능적으로 멀어지려고 하는 심성인데, 노인을 위한 공간에는 색채 진동을 느낄 수 있게 원색의 포인트를 주는 것이 좋다. 그러나 너무 강렬하고 밝은 색은 침착성을 잃게 할 수도 있으므로 주의해야 한다.

기운을 유지하고 면역체계를 여전히 강력하게 작동하려면 노년이라도 색이 가진 치료효과를 활용해보는 것도 좋다. 빨강과 주황은 따뜻하고 자극적인 색이므로, 기운 순환을 돕고 힘을 유지시키는 역할을 한다. 노인이 거처하는 방에는 황갈색, 연한 분홍, 파스텔 톤의 노랑을 사용하는 것이 좋다.

또한 아파트에서 생활하는 노인들에게 전원생활의 분위기를 살리는 목적으로 옷이나 이불 · 커튼 · 벽지를 꽃무늬로 바꾸어 주면 좋은 효과를 낸다. 물론 꽃을 가꿀 수 있는 여건을 조성해준다면 더욱 좋다.

검정 음식

어린 나이에 임금 자리에 오른 조선의 숙종은 환갑이 될 때까지 복잡한 여성편력으로 널리 알려진 임금이다. 장희빈을 사랑한 숙종의 에너지를 지탱시킨 음식은 흑염소와 오골계였다. 지금도 정력을 과시하고 싶은 사나이들이 즐겨 찾는 음식이다.

검정식품이 성인병 예방과 다이어트에 좋다고 알려지면서 검은콩 우유, 검은 쌀밥, 검은 콩국수까지 이목을 끌고 있다. 사람들이 검정식품을 찾는 이유는 생명활동의 근간이 되는 기운, 즉 신수지기腎水之氣를 색으로 치환하여 검정이라는 인식이 퍼지고 있기 때문이다. 한방에서는 검정식품을 다른 색의 식품보다 한 수 위로 취급한다.

검정은 오행에서 물[水]에 해당하기 때문에 신장과 방광의 기운과 연관되어 있다. 따라서 신장의 기운을 향상시키는 것으로 평가한다. 한방의 강장처방에는 검정을 띤 숙지황이 들어간다. 검정식품을 즐겨 먹으면 신장 기능이 좋아져 성기능이 향상되고 노화가 방지되며 면역력이 높아진다고 알려져 있다. 한의학 전문가들은 검은 색을 띠는 안토시아닌 색소가 콜레스테롤을 낮추고 시력개선과 혈액순환을 원활하게 만든다고 한다.

쥐눈이콩이라 불리는 검은콩은 우리 몸의 수분대사를 관장하는 신장과 관련되어 있다. 신장이 약해 소변이 잘 나오지 않고 몸이 붓고 쉽게 피로를 느끼든가 식은땀을 흘리는 사람에게 좋다.

어린 아이에게 검은콩은 여러 모로 효험이 있다. 검은콩은 해독작용을 하기 때문에 아토피로 고생하는 어린이에게 효과가 좋다. 검은콩과 감초, 골풀 등을 달인 물을 하루 3번 정도 빈속에 마시면 열이 내리고 열꽃도 사라진다. 검은콩을 섞어 밥을 하든가 가루를 내어 떡고물에 묻혀 먹어도 좋다. 특히 볶아서 먹으면 껍질에 들어있는 항산화물질이 유해산소를 없애 혈관질환이나 노화를 막아준다. 하지만 검은 색깔 때문에 아이들이 선뜻 내켜하지 않으면 꿀조림과 같이 입맛을 당기게 만들어서 먹이면 된다.

흑임자라고 부르는 검은깨는 향이 독특하고 고소한 맛이 난다. 검은깨는 요즘 두유나 우유에 섞어 시판하기도 하는데 뼈를 튼튼하게 해주고 오장의 기능을 활발하게 해준다. 아토피성 피부병으로 고생하는 아이들에게 검은깨가 효험이 있다. 검은깨는 피부에 윤기를 돌게 하므로 건조하고 각질이 잘 일어나는 피부를 중화시킨다. 검은깨에는 뇌기능향상을 돕는 성분이 다량 흡수돼 있어 수험생에게 더욱 좋다. 또한 검은깨 기름을 벌레 물린 자리에 바르면 쉽게 아문다. 검은깨 기름에는 머리카락의 주성분인 케라틴이 많이 함유되어

있어 3개월 정도 꾸준히 바르면 윤기가 흐르고 탈모를 방지할 수 있다. 검은깨는 곡식 중 최고라 해서 중국에서는 예부터 불로장생 식품으로 꼽는다.

검정쌀, 즉 흑미는 옛날 중국 황제에게 바칠 정도로 귀한 식품으로 인정받았다. 검정쌀은 흰쌀에 비해 단백질과 지방 · 비타민 · 무기질이 다량 함유되어 있어 노화를 방지하고 피부미용에도 효과가 있다. 아이의 골격을 형성하는 각종 미네랄이 풍부한 검정쌀로 이유식을 만들어 먹이면 성장발육에 도움이 된다. 검정쌀은 한방에서 물을 많이 마시고 오줌을 많이 누는 요붕증尿崩症이나 눈이 나쁜 아이에게 처방한다. 검정쌀은 현미상태라 이것으로만 밥을 하면 까칠까칠하고 먹기 어려워 쌀밥에 10% 정도 섞어먹어도 된다.

또한 한방에서는 깃털과 육질은 물론 뼈까지 까만 오골계를 약재로 취급하는데, 임산부의 대하증이나 자궁 출혈증에 효능이 있고 정신적 충격을 받은 사람에게도 처방한다. 검은 수박씨는 영양이 풍부해 아이들의 성장 발육에 좋다. 폐를 맑게 하고 가래를 없애주는 효과가 있고 변비에도 도움이 된다. 검은 빛을 띠는 서양자두는 여성에게 더욱 좋다. 철분이 풍부하고 혈액순환은 물론 장운동을 활발하게 도와주어 변비를 막아주기 때문이다.

검정은 자연 상태에서 모든 빛을 흡수하는 색이다. 빛은 곧 에너지이기 때문에 모든 빛의 형태를 받아들인 검정식품은 다른 색깔보다 인간에게 많은 도움을 준다는 사실에 수긍이 갈 것이다. 그래서 삼국통일의 위업을 달성한 신라의 화랑들이 검은깨를 포함한 7가지 곡식을 섞은 음식을 수련 중에 즐겨 먹었다고 하니 검정식품의 역사는 길고도 길다.

노란 비타민, 파란 수면제

우리는 별 생각 없이 약국에서 비타민제를 사거나 생약 성분이 든 드링크 소화제를 마신다. 약품만큼 포장에 돈을 많이 들이는 제품도 없다. 백 원짜리 원가에 삼백 원을 들여 포장하는 경우도 허다한데 소비자가 이 사실을 알면 약효가 떨어질까? 향수나 화장품 포장이 제 아무리 고급스럽다 하더라도 원가 대비 약품의 포장에 들이는 비용에는 못 미친다.

약품에 사용하는 색은 일반 식품이나 기호품과는 달리 조심스럽게 적용한다. 흔히 고급스러운 느낌을 주기 위한 검정은 약품에 잘 사용하지 않는다. 약품의 특성이 검정에 있다하더라도 죽음을 연상시키기 때문에 검정은 일단 사절하는 색이다.

반대로 하양은 위생적이고 과학적인 약효가 있다는 느낌을 주기 때문에 애용하는 색이다. 하양은 명쾌한 의학 지식과 순수함을 나타낸다. 회색 또한 약품에 많이 등장하는 색이다. 하양 바탕에 검정 글자는 너무 과격한 느낌을 주므로 회색을 쓴다. 뉘앙스가 풍부한 회색은 깊이 있는 색이므로 가장 다양하게 적용되는 상품이 약품이다. 상품명이나 제조회사의 로고는 물론 회색이 아닌 다양한 색으로 은근히 강조하여 약품의 신뢰감을 주고 약품의 효능을 색감을 통해 나타낸다.

파랑계통의 포장색은 진통제나 수면제, 신경안정제와 같은 약품에 적용한다. 파랑은 색채심리에서 기분을 차분하게 만드는 효과가 있고 수면으로 유혹한다. 병실은 파랑 계통이 좋다. 파랑은 마음을 달래는 것처럼 편안한 느낌을 준다. 또한 정신의 통제력과 명료성 · 창조성을 고양시켜준다. 연한 파랑은 마음을 누그러뜨리는데 효과를 가지고 있다.

노랑이나 주황색 계통은 강장제 · 비타민제와 등의 활력을 부여하는 약에 사용된다. 태양과 생명의 기원을 상징하는 노랑과 주황은 감정을 자유롭게 해주고 삶의 흥미를 되찾게 해준다. 행복하고 발랄한 힘을 주는 노랑은 판단력과 기억력, 그리고 분명한 결정을 유도하는 효과가 있다.

베이지색과 갈색은 소화제나 소화기 계통의 약품에 해당한다. 땅을 연상하는 베이지색과 갈색은 흡수를 쉽게 하는 작용을 연상시킨다. 그렇지만 갈색은 넓은 면에는 적용하지 않는다. 현대사회에서 생태를 강조하는 추세에 따라 초록은 자연요법, 생약이나 의약부외품에 사용한다. 자연과 강한 친화력을 가진 초록은 식물의 색으로 여유를 창출해내고 스트레스를 줄이는데 효과가 있다.

빨강은 아이들의 정제나 시럽상태의 물약을 딸기맛과 같이 달콤해 보이도록 만드는 색이다. 약품에서는 주의를 요구한다. 빨강은 항생물질의 효능이나 소독을 나타내고 피와 상처에 관계가 깊다. 과다복용의 부작용이나 중독성이 있는 약은 빨강으로 포장한다. 병 · 의원에서 직접 사용하는 주사 항생제는 편의성과 안전성을 높이기 위해 포장색깔, 유리병 라벨, 캡의 색깔로 구분한 경우도 있다.

제약회사들은 약품의 포장디자인에 막대한 돈을 쏟아 붓고 있다. 약품의 원재료는 대부분 싼값이고, 그 마저 희석한 것들이 많아 원가에 비해 판매 가격이 월등이 높다. 따라서 소비자의 신뢰를 받는 히트 약품은 그 어떤 상품보다 높은 수익을 얻기 때문에 약품의 포장과 색채에 총력을 기울이는 것이다.

색의 인문학

〈심리〉

자기 색 찾기

색깔을 사용하는 스타일은 크게 세 가지 부류로 나눌 수 있다. 색채 첨단형은 새로운 색깔에 대해 민감한 반응을 보인다. 그래서 새롭게 유행하는 색깔의 옷을 좀 비싸더라도 구입하는 경향이 있고, 이럴 때 기분이 좋다는 느낌을 갖는다. 최신 유행색을 알고 싶어 잡지를 살펴보거나 백화점과 같은 곳에서 전시된 상품을 둘러보기도 하고 새로운 색으로 나온 계절상품을 보면 가슴이 설레기도 한다.

이러한 색채 첨단형은 남성보다 여성 쪽이 훨씬 많다. 대개 30% 정도가 색채 첨단형에 속한다. 이런 사람들은 모험심이 강하고 의욕이 넘칠 뿐 아니라 변화를 좋아한다. 자존심이 강한 색채첨단형의 남성은 차를 구입하더라도 흔한 색은 사절한다. 그렇다고 벽지를 빨강으로 도배하는 식의 엉뚱한 배색을 하는 것이 아니라 실내장식에서도 벽지 · 가구 · 소품을 세심하게 배려하여 색이 주는 즐거움을 누리는 편이다. 젊은 층이 색채 첨단형이면 새롭게 유행하는 옷을 자랑스럽게 생각하고 나이가 든 경우에는 젊음을 되찾고자 하는 욕구가 많아 유행과 화려한 색을 선택한다.

색채 보수형은 새로운 색이나 신제품을 남들이 먼저 사용하는 것을 보고 나서 구입한다. 그래서 새로운 색을 여러 번 봐야 익숙해지는 편이고 새로운 색이 자기가 좋아했던 색이라면 상관없으나 튀는 색은 선택하지 않는다. 색채 보수형은 색에 대한 관심이 있지만 언제나 바빠서 유행을 고려할만한 여유가 없다. 50%정도가 색채 보수형에 속하는데 이들은 실용성을 중요하게 생각하기 때문에 낯선 색은 선택할 생각을 하지 않는다. 무턱대고 유행을 쫓아가지 않지만 신중하게 색을 선택한다. 색채 보수형은 변화를 싫어하는 것은 아니지만 스스로 변화를 시도하지도 않는다. 세심하게 주의를 기울이는 편으로 같은 색이라도 조화를 고려하는 경향이 있다. 대부분 중산층인 색채 보수형은 남녀 비슷한 비율을 보인다.

색채 고집형은 색을 바꿔볼 엄두도 내지 않고 전통적 가치관을 중요하게 여긴다. 다른 사람들이 특별히 권하지 않는 한 새로운 색을 선택하는 경우가 거의 없다. 그래서 새로운 옷보다는 항상 입던 옷이 좋다고 여긴다. 해마다 계절마다 유행색이 바뀌는 것을 오히려 귀찮게 여기기도 한다. 그렇다고 색채 고집형 사람들이 패션 감각이 반드시 뒤진다고 말할 수는 없지만 최신 유행에 결코 흔들리지 않는다. 이런 유형의 사람들은 자기가 좋아하는 물건은 언

제나 좋다고 확신한다. 색채 고집형은 고지식한 중년층에 많은 것이 아니라 시간에 쫓기는 젊은 직장인에게서 흔히 볼 수 있다. 물론 이런 스타일은 여성보다 남성이 월등하게 많고 생각 또한 보수적이고 원리원칙을 좋아하는 사람들이다.

색은 삶에 즐거움을 준다. 인간은 누구나 신선한 변화를 갈망한다. 생활의 여유가 없어 변화를 시도하지 못할 뿐이다. 색은 변화를 주는 경제적인 방법이다. 그래서 우리는 자기가 평소 활용하는 색깔의 범주를 파악해 볼 필요가 있다. 색을 잘 활용하면 정서에 도움이 될 뿐 아니라 생활에 활력을 주고 대인관계를 훨씬 부드럽게 만들 수 있기 때문이다.

사람들은 누구나 자기만의 특색特色, 즉 특별한 색이 있다. 무턱대고 유행을 따라가라는 말이 아니다. 자기가 좋아하고 곧잘 활용하는 색채범주를 알아야 유연한 활용이 가능하다. 사람들은 자기도 모르는 사이에 스스로 정해놓은 색채범주의 색만을 활용하기 때문에 자기의 색채를 파악하는 것이 필요하다.

자신과 비슷한 유형의 사람에게 자기를 드러내고 싶을 때 자신 있게 자신의 색채범주에 있는 색을 사용하면 된다. 반면 창조적이고 역동적인, 그리고 앞

서 나가는 이미지를 연출하고 싶다면 자신의 색채범주에서 한 단계 높은 색의 넥타이 · 액세서리 · 소지품 등을 선택하면 효과적이다. 상대방은 당신을 활기찬 사람으로 대해줄 것이다. 한편 신중하고 충실한 이미지를 신뢰감 있게 보여주고 싶다면 자신의 색채범주에서 한 단계 낮은 색을 선택한다. 특히 면접 자리에서나 윗사람을 처음 대하는 자리에서 이러한 색채연출이 필요하다. 이 경우 굳이 색채 첨단형을 과시하고 싶다면 소품을 이용하는 것이 좋다. 기성세대는 젊은 층을 언제나 우려하는 경향을 지니고 있어 친숙해지기 전까지는 착실한 이미지를 보여줄 필요가 있으니까.

빨강 스타일은 어떤 일이든 적극적으로 참여하며 인간과 일에 대한 열정이 넘친다. 이 스타일은 상호 협력을 요구하는 직업에 어울린다. 활기차고 솔직하며 미래를 읽는 안목을 갖추면 탁월한 리더로 인정받는다. 파랑 스타일은 비판력과 지성이 돋보일 뿐 아니라 개인 역량에 승부를 건다. 자연과 삶의 진리를 연구하는 직업에 어울리며 원리에 충실하고 냉철한 자세를 지니고 있다.

스마일 심벌처럼 즐거움을 주는 노랑 스타일은 크고 작은 재미를 추구한다. 수다스러울 만큼 활달한 행동에 문제의식을 겸비해 좋아하는 일에 집중할 때

장점이 드러난다. 초록 스타일은 사물을 낙관적으로 바라보고 지칠 줄 모르는 추진력을 발휘한다. 목표를 정하면 행동으로 곧바로 옮기는 스타일로 많은 이들에게 신뢰를 받는다.

주황 스타일은 창조를 위해 파괴를 즐기며 변화를 통해 언제나 새로운 일을 펼친다. 미래 지향적이며 자신이 삶의 주인이라는 창의적 인생관을 갖고 실천하는 성향을 지니고 있다. 아름답고 귀여운 삶을 꾸려가는 분홍 스타일은 섬세한 감수성을 발휘해 자신의 만족과 타인의 사랑을 함께 누린다. 이 스타일의 전문직 종사자는 매력이 넘치고 명랑하게 생활한다.

보라 스타일은 자신의 장점과 단점을 절묘하게 활용하며 창의성으로 인생에 승부를 건다. 이 스타일은 무모해 보이는 일에 도전해 성과를 거두겠다는 가치관을 지녔다. 보라는 파랑의 지성과 빨강의 뜨거움이 결합된 색으로 남다른 용기와 지혜로 성공한다.

'컬러 스타일' 중에서 자신에게 알맞은 것을 골라 활용해 보자. 성향과 행동이 명료한 사람으로 인정받을 수 있다. 색을 잘 활용한다는 것은 상황에 맞게 색을 활용할 수 있도록 선택의 폭을 넓히는 것이다. 그래서 인생이 그러하듯 유연성을 가져야 한다. 익숙한 것들의 색을 다시 바라보고 색의 선택에 좀 더 다양한 방법이 없는지 스스로 찾아보는 여유를 가지면 자신만의 참신한 이미지를 만들 수 있다.

산만한 아이를
차분하게 만드는 공부방

부모의 입장에서 보면 문제없는 자식이 없다. 조용하고 착실하긴 한데 의기소침하거나 반대로 씩씩하긴 한데 주위가 산만한 아이들이 있다. 특히 사내아이인 경우 산만한 아이가 많은데 공부방의 색을 바꾸어 주면 어느 정도 침착한 성격으로 유도할 수 있다. 눈에 보이는 빛과 색은 모든 생물, 즉 식물이나 동물 그리고 인간에게 많은 영향을 미친다. 성장기 어린이에 있어서 색의 영향은 생리적, 심리적으로 더욱 민감하게 작용한다.

주위가 산만하고 집중을 잘 하지 못하는 아이의 방은 먼저 단순명쾌하게 정리해 주어야 한다. 복잡한 가구나 집기들은 치워야하고 방을 푸른 분위기로 만들어주는 것이 좋다. 파랑으로 둘러싸인 공간은 진정효과를 준다. 모든 색 중에 사람을 가장 안정시키는 색이 파랑이다. 사람의 시각에 파란 빛이 들어오면 뇌를 안정시키는 신경전달 물질이 분비된다. 이 호르몬들은 맥박을 느리게 하고 호흡을 깊게 만들어 준다. 또한 싸움과 같은 격한 감정을 누그러뜨린다.

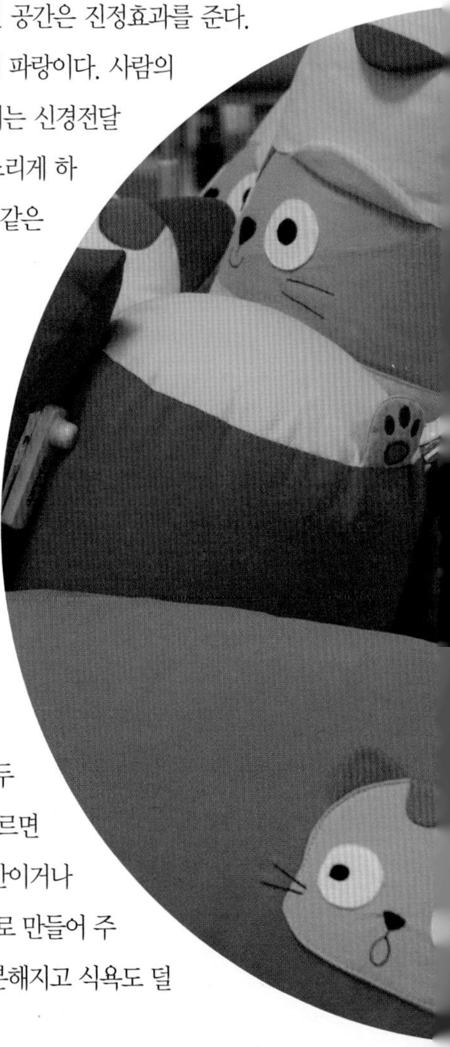

그러나 파랑 공간에 오래 노출되면 건강한 아이들도 우울한 감정을 갖게 할 수도 있기 때문에 초록 계통의 색으로 보완해주면 좋다. 봄의 새싹을 연상시키는 연두와 무성한 숲과 풀밭을 연상시키는 초록은 자연의 색이다. 초록은 위로와 평화, 치료, 휴식과 위안을 주는 색이다.

산만한 아이의 공부방은 연한 파랑을 벽지의 주색으로 하고 벽의 하단 부위에 연두나 초록으로 2단 처리하든가 띠 벽지를 두르면 한결 침착한 느낌을 연출할 수 있다. 비만이거나 성격이 과격하다면 방 전체를 파란 분위기로 만들어 주어야하는데 이런 분위기에서는 기분이 차분해지고 식욕도 덜 느낀다.

이와 반대로 심기가 허약하고 자신감이 약한 아이에게는 밝고 명랑한 느낌이 드는 분홍 · 주황 · 노랑 계통의 따뜻한 색이 도움을 준다. 생명의 색인 빨강 계통은 생리적인 활력을 준다. 주황은 발육을 촉진하는 에너지의 색으로 창조성과 자부심을 강하게 만든다. 노랑은 즐거움의 색으로 햇빛이 적게 드는 방을 환하게 만들어 주기 때문에 좋은 효과를 발휘하지만 너무 원색적이거나 넓은 면을 노랑으로 장식하면 신경을 과도하게 자극하여 초조감을 줄 우려가 있기 때문에 주의해야 한다.

아이의 성적이 떨어져 예민한 행동을 하거나 자주 짜증을 부릴 때는 침대 시트나 이불 · 잠옷 · 속옷과 같은 용품을 자주색이나 분홍색으로 바꾸어주면 한결 성격이 부드러워진다. 벽지 · 바닥 · 천장을 새로 도배하기 어렵다면 아이들 행동이나 성격에 따라 가구와 액자 같은 소품에 색을 강조해서 문제를 보완해 주는 것도 좋은 방법이다. 한 가지 톤으로 둘러싸인 공간은 금방 흥미를 잃고 색 효과 또한 떨어지기 때문에 커튼이나 의자의 색으로 변화를 주면 지루함을 보완 할 수 있다.

강렬하고 선명한 색은 아이들을 불안하게 만들 수 있다. 원색인 빨강 · 주황 · 노랑처럼 선명한 색은 수면을 방해한다. 아이가 어릴수록 부드러운 색조의 노랑이나 크림색, 연한 분홍을 선택해야 한다. 이런 색은 평화로운 느낌을 발산하고 정서적으로 차분하면서도 편안한 느낌을 준다.

아이들의 침구류에 사용하는 색은 신체와 심리에 직접적인 영향을 미친다. 미묘한 색채 진동이 잠자는 사이에 몸으로 침투하기 때문이다. 아이가 균형이 잘 잡혀있지 않고 사교성이 부족하다면 강렬하거나, 커다랗거나 기하학적 무늬의 이불 · 벽지 · 커튼을 사용하지 말아야 한다. 커다란 자동차, 만화 주인공이 그려져 있거나 선명한 원색으로 배색된 이불이나 베개는 아이를 위축시킨다.

당신은 어떤 색을 좋아하는가

인간의 감각을 흔히 오감五感으로 분류한다. 시각 · 청각 · 미각 · 후각 · 촉각 중에서 감각의 80% 이상을 시각에 의존한다. 사회가 복잡해지고 산업이 발달할수록 시각이 차지하는 비중이 더욱 커질 것은 자명하다. 영화나 텔레비전에서, 인터넷과 모바일까지 매체들이 컬러화되면서 시각의 역할이 더욱 중요해지고 있다. 컬러시대에 사는 우리들은 알게 모르게 색에 대한 영향을 받는다. 색이 주는 메시지는 단순히 빨갛다, 파랗다고 하는 느낌에만 머물러 있는 게 아니다.

좋아하는 색은 그 사람의 심리를 드러낸다는 연구가 속속 발표되고 있다. 어떤 사람이 유독 한 가지 색을 좋아한다면 그 사람의 성격과 행동을 보여주는 단서가 된다. 만약 어떤 사람이 모든 색을 싫어한다면 이 세상을 싫어하는 셈이다. 특정한 색을 좋아하는 것은 선천적일수도 있고 후천적일수도 있다. 수학 선생님이 싫어서 수학을 싫어하는 경우처럼 학창시절 좋아했던 선생님이 즐겨 입던 옷 색깔이 만약 파랑이라면 오랫동안 파랑을 좋아할 수도 있다. 보통 어떤 색을 좋아하는 원인은 유전자, 어릴 때의 기억, 교육, 부모님의 믿음, 문화적 훈련, 정치적 성향과 같이 삶의 여러 측면에서 오는 결과이다.

가령 영향력을 많이 미치는 선생님께서 주황을 좋아하는 사람은 공부를 잘한다고 했다면 그 소리를 들은 아이들은 기를 쓰고 주황을 좋아하려고 노력할 것이다. 반대로 보라색을 좋아하는 사람은 나쁜 병에 걸린 사람이라는 소리를 했다면 그 기억이 살아있는 동안 보라색을 배척하기 마련이다.

아직 말을 못하는 아이도 색연필을 주면 색으로 자기의사를 표현한다. 심리학자들은 아이들의 색 표현이 감정 성향을 보여주는 것으로 판단한다. 예를 들어 검정을 좋아하는 아이는 억압된 감정이나 부모의 엄격함에 눌려있음을

보여준다. 노랑을 좋아하는 아이는 부모에 대한 의존이 강하고 빨강을 좋아하는 아이는 명랑한 성격이며 초록은 차분하고 균형 있는 아이가 좋아한다. 아이들은 자기를 직접 돌보는 엄마를 따뜻하고 부드러운 색으로, 애정에 영향을 덜 미치는 아빠를 어둡고 강한 색으로 표현한다.

색의 선호도에 공통으로 관여하는 것은 연령이다. 어렸을 때는 따뜻한 색이 좋고 어른이 되면 차가운 색을 좋아한다. 좋아하는 색은 평생 지속될 수도 있지만 자라면서 성격이 달라지듯 나이나 직업, 그 당시 상황에 따라 바뀌는 경우도 많다.

일반적으로 빨강은 사교적이고 지도력이 강한 사람들이 좋아한다. 추진력이 좋고 자신감이 넘치거나 현시욕이 강한 사람들이 좋아하고, 그 반대로 열등감에 사로잡힌 사람들도 좋아한다. 적극적이고 정열적이며 성적매력과 사업의욕이 넘치는 사람들이 빨강을 좋아한다. 또한 그렇게 되고 싶어 하는 사람들도 빨강을 좋아한다.

노랑은 정신적인 모험가로 새로운 것을 찾아 자기실현을 꾀하고 싶어 하는 사람들이 좋아하는 색이다. 표정이 풍부하고 유머감각이 있으며 멋있는 사람이라는 평판을 듣는다. 남을 지배하거나 남보다 우월해지려는 경향이 강하고, 자신의 뜻대로 되지 않을 때에는 심술을 부리거나 악의적인 행동을 보인다. 말솜씨가 좋아 유창한 표현력을 자랑한다.

솔직하고 도덕심이 강해 예의가 바른 사람들이 초록을 좋아한다. 사회적 평판에 따라 좋은 일을 하려고 노력하며 기품 있고 성실한 사람들이 좋아한다. 지배적이지도 복종적이지도 않은 균형을 추구한다. 조화와 평화를 원하는 사람들이 좋아하는 색이 초록이다.

감성이 뛰어나고 자제심이 있으며 자신의 일에 전념하는 치밀한 성격의 소유자가 좋아하는 색이 파랑이다. 파랑은 천성적으로 부드럽고 자신에게 충실하고 몰입하는 경향이 있고, 남들에게 위협감을 주지 않는 사람들이 좋아한다. 파랑은 안정된 에너지를 발산하기 때문에 지적인 사람이나 지적이기를 원하는 사람들에게 풍부한 감성을 제공한다.

영적인 의식과 인식을 지녀 신비로움과 정신력의 세계에 관심이 많은 사람들이 보라를 좋아한다. 직관력과 기품을 가진 사람들과 예술적 감성이 풍부하고 표현력이 좋은 사람들이 좋아하는 색이다. 예술계통이나 부와 사치가 결합된 활동에 종사하는 경우가 많다. 성격에 따라 호불호가 비교적 분명하게 나눠지는 색이 보라이다.

세계인이 가장 좋아하는 색은 파랑이고 그 다음이 빨강-초록-보라-주황-노랑의 순이다. 우리나라 사람들은 백의민족에서 보듯 하양을 좋아했으나 최근에는 파랑을 가장 좋아한다는 통계가 있다. 내가 지도하는 대학생들을 조사해본 결과, 역시 파랑을 좋아하는 경우가 가장 많았다. 이는 우리나라 사람들이 파랑을 순수한 색으로 사랑해온 배경도 있지만 생활수준의 향상과 서양문화를 접할 기회가 늘어나면서 색채감각 또한 서구화 되어가는 경향으로 볼 수 있다.

아프리카 사람들이나 지중해 연안의 유럽인들은 빨강 · 주황 · 노랑과 같이 따뜻한 색을 좋아하는데, 이는 풍부한 햇빛의 영향으로 붉은색에 대한 적응이 발달했기 때문이다. 따라서 성격 또한 외향적이며 충동적이다. 반면 햇빛을 덜 받는 북유럽인은 차가운 색 계통을 좋아한다. 눈의 망막이 초록 시각에 적응하여 그 지역 사람들은 성격이 차분하고 조용한 편이다. 북극에 가까울수록 태양광선이 약해 동식물 또한 원색에서 파스텔 톤으로 약해진다.

색채선호는 두말할 것 없이 현대의 광고와 마케팅전략에서 중요하게 취급한다. 그러나 대체로 색채 선호도라는 것은 지극히 모호하다. 모든 여건을 무시하고 절대적으로 어떤 색이 좋다고 할 수 없고, 단지 옷이나 상징물 따위에 대한 집단적 감성을 보여줄 뿐이다. 소비자의 성별 · 지역 · 소득수준과 같은 인구통계 자료를 기반으로 제품 · 가격 · 유통 · 촉진과 같은 마케팅전략에 따라 색채전략을 구사해야 한다. 그래서 한 기업이 전 세계 소비자에게 어필하려할 때 색을 고려하지 않는 마케팅은 불가능하다.

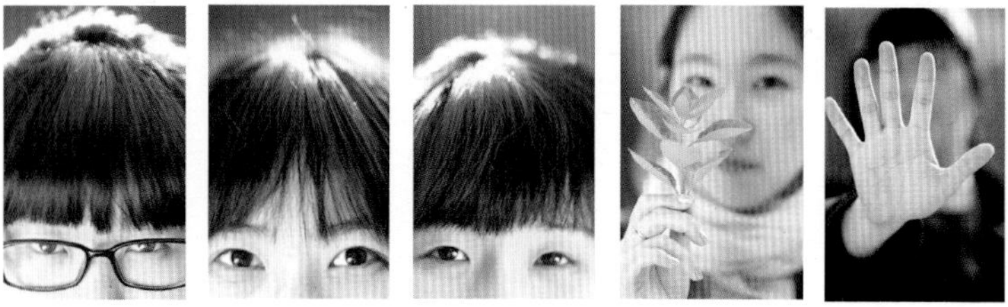

성격과 색채선호

인간은 사물이나 상황에 따라 다르게 반응한다. 색채감성色彩感性(Color Sensibility)은 인간이 색채를 통해 느낄 수 있는 모든 종류의 반응이다. 파란색을 차갑게 느끼거나 초록에서 평화를 연상하는 현상은 색채감성의 일종이다. 특정한 색에 유난히 끌리는 느낌을 받는 경우는 개인의 기질이 색채감성과 부합하여 가치를 부여했기 때문이다. 파란색에서 차분하다, 차갑다, 느리다, 슬프다, 지적이다 등의 다양한 감성을 느끼게 되지만 실내공간에 파란색을 적용했을 때는 차갑다, 남성적이다 등의 특정한 감성이 부각된다. 색채감성은 하나의 특정 색채에서 느끼는 감성과 여러 배색에서의 감성이 달리 나타날 수 있고 매체의 특성에 따라 다양하게 발현된다.

색채감성은 색채에 대해 개인이 받아들이는 주관적 감정이다. 주관적 아름

다음은 수용과 거부로 나타나고 때로는 기억과 망각으로 정리되기도 한다. 색채에 대한 개인의 판단에는 원인을 알 수 있는 것도 있지만 원인을 알 수 없는 경우도 많아 앞으로 다양한 연구가 시도될 것이다.

색채감성은 색상 · 명도 · 채도로 형성되는 색의 3속성과 배색효과, 피실험자의 특성 등에 따라 독특한 반응을 보일 수 있으므로 이를 정량화하기는 대단히 어렵다.

몇 해 전 나는 개인의 성격유형과 색채에 대한 반응의 차이를 알아보기 위해 의미미분법(Semantic Differential Method)을 활용, 대학생 340여명을 대상으로 색채감성을 측정한 적이 있다. 이 방법은 서로 반대가 되는 일련의 감성형용사 언어쌍의 척도를 제시하고 이에 대해 느끼는 반응을 표시할 경우 이를 의미 공간 내에서 최소한의 감정요인으로 군집화(grouping)하는 방식이다.

성격유형의 분류는 현재 세계적으로 널리 활용되는 MBTI 도구를 활용했다. MBTI에서는 사람들이 생각하고 행동하는데 있어 더 편안하고 익숙한 행동

과 사고방식을 나타내는 4가지 선호성 지표로 사람들의 성격 유형을 구별한다. 성격유형 지표는 외향성-내향성(에너지방향), 감각-직관(인식기능), 사고-감정(판단기능), 판단-인식(외부 세계에 대처하는 생활양식)이며 이는 각 개인의 선호를 4가지 지표로 표시하여 각자의 성격 특성을 보다 깊이 이해할 수 있게 한다. 4가지 선호지표(EI, SN, TF, JP)마다 양극을 이루는 2가지씩의 선호경향을 조합하면 16가지의 MBTI 성격유형으로 분류할 수 있다.

실질적이고 사실적인 감각적 사고형은 사실을 바탕으로 인정에 얽매이지 않고 논리적인 분석에 의해 의사결정을 내린다. 유형이론을 바탕으로 예측해 보면 법률가 · 외과의사 · 회계사 · 엔지니어 등 구체적 사실에 대한 냉정한 분석이 요구되는 분야에서 성공할 가능성이 많다. 이런 성격의 유형은 빨강 · 노랑과 같이 따뜻하고 선명한 색채에 대해 감성이 높게 나타나고 호감도 역시 높게 나타난다. 다른 성격유형에 비해 색채감성이 높은 편이고 호감을 갖는 편이다.

동정적이고 우호적인 감각적 감정형은 의사결정을 내릴 때 감정을 신뢰하기

때문에 개인의 주관성이나 개인적인 온정을 바탕으로 한다. 자기의 따뜻한 온정을 펼 수 있는 분야에서 성공과 만족을 누릴 수 있다. 서비스업 · 초등학교 교사 · 간호사 · 소아과 의사에 어울리는 성격이다. 자기주장이 약하기 때문에 다른 성격유형에 비해 비교적 색채감성이 낮은 편이고 색채에 대한 호감을 잘 보이지 않는다. 특히 보라색과 같이 입장을 취하기 어려운 느낌을 주는 색채에 대해서는 더욱 자신을 드러내지 않는다.

열정적이고 통찰력이 돋보이는 직관적 감정형은 따뜻한 온정의 소유자로서 말이나 문자에 특별한 재능을 가진 사람이 많다. 교직 · 상담 · 집필 · 연구원에 어울리는 유형이다. 이런 유형은 감각보다 직관을 선호하는 심리적 욕구로 인해 색채에 대한 감성이나 호감도가 높지만 빨강과 같이 자극적인 색채에 부정적인 태도를 취할 가능성이 많다.

논리적이고 창의력이 뛰어난 직관적 사고형은 가능성과 추상적인 양식에 초점을 맞추지만 인정에 얽매이지 않는 객관적 합리적 분석을 바탕으로 판단을

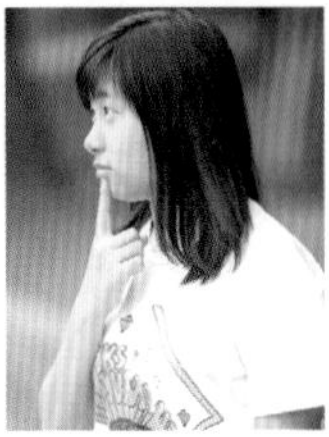

내리려고 한다. 논리적이고 영리하여 행정 · 과학연구 · 수학자 · 재무전문가와 같이 자기들이 특별한 관심을 가진 분야에서 성공할 가능성이 높다. 이 유형은 추상적 양식을 선호하기 때문에 빨강이나 노랑과 같이 자극적인 느낌을 주는 색채에 대해 감성이 낮게 발현되고 호감도 역시 낮은 반응을 보인다. 그러나 지적인 이미지를 주는 파랑, 신비감을 주는 보라에 대해서는 색채감성과 색채호감도가 높게 나타나는 경향을 보인다.

참고로 여러 학자들이 말하는 공통된 색채선호와 기질을 살펴보면, 외향적인 성격일수록 따뜻한 색조의 원색을 좋아하고 내성적이고 소극적인 사람일수록 어둡고 차가운 색조를 좋아하는 것이 일반적인 경향이다. 감각적인 성격의 소유자는 따뜻한 계열의 색을, 직관적인 성격의 소유자는 차가운 색 계통을 좋아하는 편이다. 청록색과 같은 중간색을 좋아하는 사람들은 재테크에 재능이 있다. 또한 평범한 사람들은 단순한 색을 좋아하는 반면 색채선호가 유난히 까다로운 사람들은 다른 사람과 잘 어울리지 못한다.

나이든 사람들은 왜 검정을 싫어할까

연세가 지긋한 분들 중에는 검정을 유난히 싫어하는 사람이 많다. 검정을 싫어하다 못해 알레르기 반응을 보이는 어느 사장님도 알고 있다. 워낙 카리스마가 강한 사장님이라 처음에는 어떻게든 설득해보려고 노력했으나 급기야 포기하고 말았다. 사보와 같은 인쇄물의 본문까지 검정 글자를 꺼릴 정도였다. 어느 날, 제목 글자를 검정으로 인쇄한 포스터를 보고는 회사가 발칵 뒤집어질 정도로 야단법석을 쳤다고 한다. 그 무렵에는 가구나 전자제품의 색으로 검정과 하양이 유행할 시기여서 담당 디자이너가 그렇게 제작했던 모양인데, 인쇄물은 물론 디자인에 관련한 어떤 경우라도 검정을 보면 분노를 드러내곤 한다.

그 사장님이 극단적으로 검정을 꺼려한 이유를 나중에 알고 보니 전통에 대한 집착이 유별나기 때문이었다. 언제나 효도를 강조하고 국가에 충성해야한다느니 운운했던 걸 보면 조선시대 이래 알게 모르게 젖어온 유교 이데올로기의 지배를 받고 있었던 게 아닐까 싶다.

전통적으로 검정은 북쪽을 상징하고 북망산과 같이 죽음을 연상시킨다. 검정은 음기陰氣가 강하고 계절로는 겨울이고 감정으로는 두려워하는 것에 해당한다. 이런 내막을 알고 보면 유교나 주역에 관심 있는 어르신들이 검정을 꺼려하는 것이 한편으로는 당연하게 여겨진다. 또한 전통적으로 우리나라는 상복으로 염색하지 않은 천으로 만든 소복을 입었으나 서구화의 영향으로 검정 옷을 입게 된 것도 또 다른 이유이기도 하다.

지난 해 가을 어느 날, 내 강의를 듣는 학생들 남녀 할 것 없이 모두 검정 옷을 입고 나타났다. 이유인즉 졸업 사진을 찍는 날이었다. 참으로 놀라운 복장 통일이 아닌가. 검정 옷을 입고 사진을 찍으면 날씬해 보인다느니, 첨단 느낌이 난다느니 제각각 의견이 분분했지만 마치 사전에 그렇게 하기로 모의라도 한 것처럼 한결같은 행동이다.

나이든 사람은 검정을 싫어하는데 비해 젊은이들은 유난스레 검정을 좋아한다. 특히 패션에서 이러한 경향은 더 뚜렷하게 나타난다. 젊은 사람들은 검정을 고급 자동차, 멋진 패션의 색으로 여긴다. 서구에서는 전통적으로 검정이 촌스러운 옷이며 싸구려 색으로 인식해 왔으나 모델들이 검정 옷을 입고 사교계에 등장하면서부터 도시적이고 대담하며 세련된 색으로 인식하게 되었

Canon
EOS

다. 노무현 정부의 초대 문화관광부 장관으로 임명된 영화감독이 검정 와이셔츠를 입고 기자회견을 해서 언론의 관심을 끌기도 했던 이면에는 이러한 검정의 속내가 있다 하겠다.

검정 자동차는 보수와 권위, 힘과 권력을 보여주지만 검정 옷은 진보와 젊음을 나타낸다.

검정은 젊은이들에게 잘 어울리는 색이다. 검정은 화려하면서도 섹시하고, 강한 힘과 세련된 이미지를 연출할 수 있을 뿐 아니라 액세서리와도 잘 어울리는 등 매우 실용적인 색이다.

디자이너들도 검정을 좋아한다. 자동차 · 텔레비전 · 카메라 · 시계와 같이 기술이 돋보여야하는 현대의 제품은 유채색이 아닌 검정으로 만들면 객관성과 기능성이 살아나 고귀한 느낌을 준다. 검정은 형식과 내용이 강조되어 신뢰감을 준다.

모든 색에는 나름대로의 아름다움이 있고 상황이나 용도, 시대에 따라 느낌이 달라진다. 다양한 원리와 개인적 가치를 소중하게 여기는 이 시대에 나이가 지긋하게 들었다는 이유만으로 검정을 터부시해야 할 필요가 있을까? 그리고 젊다는 이유로 검정을 고집해서 우리 주변을 단조롭게 만들 필요도 없을 것이다.

색채와 공감각

마음에 여유가 있고 몸 상태 또한 좋을 때 우리 눈은 세상을 긍정적으로 본다. 가령 어렵고 중요한 일을 장기간에 걸쳐 성공리에 끝마치고, 보너스로 열흘 정도 멋진 바닷가 휴양지에 와 있다고 하면 우리의 감각은 기분 좋게 작동할 것이다. 이와는 달리 밥상머리에서 식사를 하는 아이에게 아버지가 호되게 야단을 치는 상황이라면 그 아이는 입 안에 든 음식이 과연 맛있다고 느낄까?

인간의 감각은 주어진 상황에 의해 크게 좌우된다. 연인과 데이트를 하면서 바라보는 석양과 자살을 하기 위해 아파트 옥상에서 보는 석양이 같은 느낌일 수 없는 것처럼 색에 대한 감각 또한 그 사람의 심리상태에 영향을 받는다. 그래서 색채감각을 테스트할 경우에는 마음이 평온한 상태에서 답변한 결과만 신뢰할 수 있다. 색은 그만큼 예민하게 반응하기 때문이다. 소리 · 냄새 · 맛 · 촉감과 같은 감각이 색채와 함께 일어나는 현상이 색채의 공감각이다.

마음이 편안할 때 우리의 감각은 온전하게 작동한다. 맑은 연보라색을 보면 라일락 향기를 연상하고 청아한 초록에서 소나무 향기를 느낀다. 색채와 냄새는 직접 연관시키기 어려운 면이 있으나 우리는 경험에 의해 어떤 색에서 냄새를 연상한다.

사람들이 좋아하는 냄새는 장미, 계곡에 핀 백합, 갓 걸러낸 원두커피, 초콜릿, 소나무 숲과 같은 것들이다. 싫어하는 냄새는 썩은 시궁창, 생선 비린내, 분뇨, 양파와 마늘, 석유, 몸에서 나는 땀이나 발 따위의 냄새들이다. 사람에 따라서는 비 내리는 날 자동차에서 풍기는 휘발유 냄새나 오래된 기와집의 곰팡이 냄새를 좋아하는 경우도 있다. 색과 마찬가지로 냄새도 취향이기 때문이다.

색은 맛을 연상시킨다. 노랑은 신맛이나 쓴맛, 시원한 맛을 느끼게 한다. 사람들이 가장 맛있을 것으로 생각하는 색은 주황이다. 빨강은 단맛을 느끼지만 대체로 주황 소스는 새콤달콤한 맛이 난다. 맛있는 식품의 대부분은 주황이다. 주황음료는 당연히 맛있을 것으로 짐작한다.

무거운 느낌이나 가벼운 느낌은 통합된 감각을 보여주는 좋은 예라 하겠다. 같은 크기와 무게를 지닌 물체의 색은 빨강 조명 아래에서 보다 초록 조명 아래에서 더 가볍게 느낀다는 보고도 있다. 따라서 공장에서 이리 저리 옮겨야 하는 상자나 용기는 밝고 서늘한 색을 사용하는 것이 좋다. 물론 밝은 색이 어두운 색보다 가볍다는 느낌을 주지만 검정 스펀지로 만든 주사위와 하얀 돌로 만든 주사위는 당연히 검정 스펀지 쪽을 가볍다고 느낀다. 이것은 인간의 경험에서 나온 것이기 때문에 색이 경험을 우선할 수는 없고 단지 동일한 조건 내에서 무게감을 결정하는 것이다.

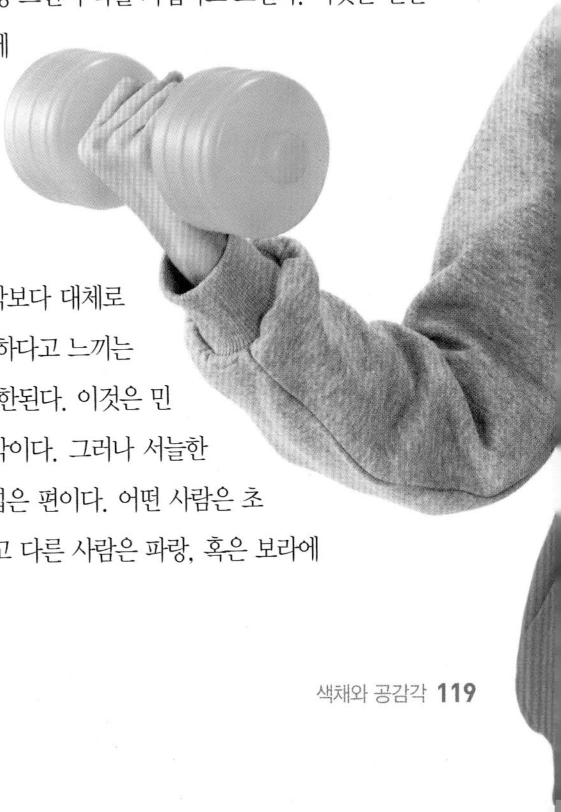

색과 촉감의 관계는 다른 감각보다 대체로 명확하다. 조사에 의하면 따뜻하다고 느끼는 색은 빨강과 주황의 범위에 국한된다. 이것은 민족과 성별, 나이를 초월한 감각이다. 그러나 서늘한 느낌을 주는 색은 그 분포가 넓은 편이다. 어떤 사람은 초록이 서늘하다고 느끼기도 하고 다른 사람은 파랑, 혹은 보라에서 심지어는 자주색에서 서늘함을 느낀다고 하는 경우도 있다. 서늘하게 느껴지는 색이 비교적 넓은 범위에 걸쳐있다는 사실은 우리가 색채를 적용할 때 충분한 시사점을 던져준다.

소리에도 색깔이 있다. 물소리나 블루스 음악을 들으면서 무심코 파랑을 연상하게 된다. 파랑은 차분하면서도 슬픈 감정을 이끈다. 색과 소리는 절묘한 대응관계를 이룬다. 인간이 가진 감각기관 중 수용능력이 가장 큰 시각과 그 다음인 청각은 서로 연결고리를 가지고 있다. 경쾌한 소리는 원색에 가깝고, 둔탁한 소리는 어둡고 칙칙한 색에 해당한다.

웃음소리에도 여러 색깔이 있다. 까르르 웃는 아기의 웃음소리는 노랑이고 사나이의 너털웃음은 주황이다. 연인에게 보내는 정감 어린 미소에는 핑크빛이 감돈다. 비웃음인지 칭찬하는 웃음인지 알 듯 모를 듯 고약한 웃음소리는 보라색이다. 배시시 짓는 미소는 연두색을 연상시키고, 킬킬거리는 웃음소리는 회색빛을 떠올리게 한다.

색에서 소리를 느끼고 소리에서 색을 연상하는 표현은 문학과 그림을 통해 익히 알려진 방식이다. 색깔과 소리는 파동이라는 물리적 성질을 함께 가지고 있어 '분수처럼 흩어지는 푸른 종소리'처럼 감각의 공유가 가능하다.

색과 소리의 연계는 여러 문화권에서 오래전부터 있어 왔다. 우리나라의 경우 오행에 바탕을 두고 방향, 색깔, 소리의 관계를 설정했다. 다섯 방향을 의미하는 오방색, 즉 파랑 · 빨강 · 노랑 · 하양 · 검정은 국악의 5음계인 궁상각

치우의 소리이자 색이다. 또 뉴턴은 7음계인 '도레미파솔라시'와 일곱 가지 무지개 색 '빨주노초파남보'를 대응시켜 소리와 색이 가진 특정원리를 밝히려는 시도도 했다. 서양 음악에서 으뜸화음인 '도미솔'은 각각 빛의 삼원색인 빨강 · 초록 · 파랑이 가진 파장과 일치한다는 연구 결과가 있다. 다른 음들도 색의 파장과 연계시켜 소리를 눈으로 볼 수 있을지도 모른다.

실제로 소리의 시각화 연구가 진행 중이다. 어쩌면 모차르트 교향곡을 눈으로 감상할 날도 머지않았다. 서로 조화를 이루지 못하는 소리가 함께 일어나면 소음이 되고, 알맞은 조화는 아름다운 음악이 되듯 색과 색의 만남인 배색은 화음과 동일한 성질을 가진다. 이를 토대로 음악치료와 색채치료를 함께 하는 시청각의 통합 조절은 새로운 전기를 맞을 전망이다.

색에 대한 마음작용

나는 오랫동안 위장병에 시달리고 있다. 위염을 진단하고 치료하는 의사는 언제나 스트레스를 받지 말라고 한다. 어떤 음식을 먹지 말라는 식으로 주의를 주는 것보다 항상 기분 좋은 상태를 유지하라는 의사의 처방은 어쩌면 당연한 것일 수도 있다.

모든 고통은 마음 상태에서 온다. 딱히 일체유심조一切唯心造 따위의 문구를 들먹이지 않더라도 편안한 마음은 건강한 신체를 유지시키는 기본이다. 심지어 다리골절로 고생하는 사람들까지도 그 사고의 원인을 혼란한 마음에서 찾을 수 있다. 내 위염을 치료하는 의사의 말에 의하면 인간에게 일어나는 질병의 절반이 나쁜 기분에서 비롯된다고 한다. 정신과 육체의 건강이 서로 밀접하게 연관되어 있다는 사실은 의심할 여지가 없다.

색채가 인간의 정신과 신체에 미치는 영향에 대해 지금까지 수많은 연구와 논의가 거듭되어 왔다. 색채가 인간의 마음에 미치는 작용을 색채심리라 하는데, 인간의 정서는 매우 변화무쌍해서 색채를 심리측면에서 본질과 원리를 밝히는 일은 여간 어려운 게 아니다.

지난 1980년대 후반에 발표된 임철우의 〈붉은 방〉이란 소설에는 온통 빨강으로 칠하고 빨강 전구를 켜놓은 고문실에 사람을 집어넣고 미치게 만든다는 사건이 나온다. 물론 이것은 꾸며낸 이야기다. 빨간 고문실은 끔찍한 상황을 연상시키기 위한 장치일 뿐인데 많은 사람들은 자기들이 싫어하는 색에 대해 여러 방식으로 증오를 발산시키곤 한다.

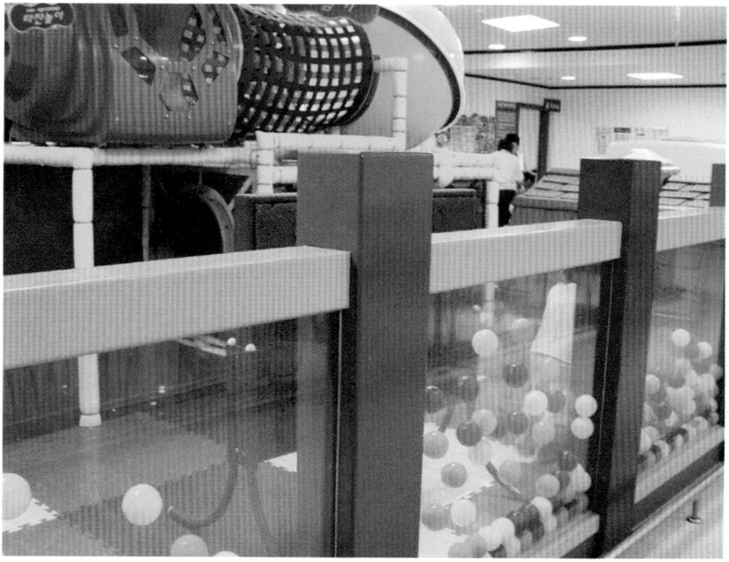

화가 칸딘스키는 노랑을 이런 식으로 싫어했다. "노랑은 속물스럽기로 으뜸가는 색이다. 그 색에는 도대체 깊은 의미라고는 없다. 또 그 색이 파랑과 섞이면 어느 것 할 것 없이 구역질나는 색이 된다. 그 색을 인간의 본성과 대비시켜 본다면 아마도 광기에 해당할 것이다. 광기 중에서도 서글프거나 우울한 광기가 아니라 난폭하고 미쳐 날뛰는 광기다." 칸딘스키가 저주하는 노랑을 만약 내가 이런 식으로 찬양한다면 많은 사람들이 수긍해줄 것이다. "노랑만큼 유쾌함과 즐거움을 주는 색은 없다. 노랑은 태양의 색이며 낙관주의를 연상시킨다. 스마일운동의 심벌처럼 노랑은 미소 띤 얼굴로 빛난다. 노랑은 우리의 전통에서 황제의 색이고 언제나 최고를 지향하는 색이다. 행복 · 지혜 · 명예, 조화와 문화의 색이 한국의 노랑이다. 그래서 노랑은 방향으로 보자면 중앙을 상징한다. 노랑이야말로 삶의 환희를 주는 색이다."

평범한 사람들에게 색에 대한 이미지나 좋아하는 색을 순서대로 열거하라면 가지각색이다. 인간은 저마다 기질이나 상황에 따른 심리가 다르기 때문에 색에 대한 반응 또한 달라질 수밖에 없다. 그러나 과학자들은 이러한 혼돈 속에서 나름대로의 질서를 찾는다. 지금까지 색채심리학자들이 연구한 일반적인 느낌은 대체로 두 가지 분위기와 관련이 있다고 한다. 하나는 빨강이 지닌 자극적이고 활동적이며 따뜻한 성질과 다른 하나는 파랑 · 보라 · 초록이 지닌 소극적이고 차분하며 서늘한 성질이다. 마찬가지로 밝은 색은 활동적인 느낌을 주고 어두운 색은 활기가 없는 것처럼 느껴진다.

디자이너는 색에 대한 보편적 인식과 심리를 객관화시키기 위해 노력한다. 예술의 영역에 있는 화가는 자기만의 색채세계를 구축하면 그만이지만 디자이너는 객관적으로 색이 주는 심리를 적용해야 한다. 그래서 항상 배색에 골치아파한다. 많은 사람들이 색에 대한 느낌을 달리 갖는다고 하지만 공통분모가 있기 때문이다. 누구나 좋은 느낌을 갖도록 색을 적용하는 일은 색채심리를 명확하게 이해해야 효과를 극대화시킬 수 있다.

색채는 개인에 따라 전혀 다른 느낌을 갖기도 한다. 어떤 아이가 파랑 주전자에 담긴 물을 쏟아 손에 화상을 입었다고 한다면 그 아이에게 파랑은 뜨거운 색으로 인식될 것이다. 초록은 객관적으로 볼 때 신선하고 차분하면서도 유쾌한 느낌을 준다. 그러나 내가 아는 어떤 사람은 초록을 경멸한다. 오래전 여름날, 한밤중 해수욕장에서 초록 불빛의 손전등을 든 강도에게 큰 충격을 당한 뒤 정신질환까지 앓아왔다. 이런 예는 극단적인 경험이라 할 수 있겠으나 어차피 인간은 경험을 중시하므로 개인에 따라서는 색에 대한 연상을 정반대로 할 수도 있다.

색채가 미적인 감각과 정서에 주는 효과는 누구나 수긍하지만 이를 보다 과학적이고 합리적으로 정립하는 작업은 앞으로도 계속될 것이다. 문제는 개인에 따라 색채를 어떻게 활용하여 생활에 활력을 주는 도구로 삼을 수 있느냐 하는 점이다. 삶은 결국 개인의 문제에 귀착되기 때문이다.

보라색을 좋아하는 여학생

수많은 학생들을 상대하다보면 유독 관심이 많이 가는 학생이 있다. 몇 년 전 어느 여학생은 조용하면서도 별로 눈에 띌만한 요소가 없는데도 신경이 쓰였다. 다른 점이 있다면 언제나 보라색 옷을 입고, 보라색 소지품이 많다는 정도였다. 보라색 옷은 자존심이 강하게 느껴지는 옷이다. 풍요로워 보이는 색감 때문에 부귀와 호화로운 감정과도 연결된다. 내가 그 여학생에게 가진 첫 번째 느낌은 보라색 옷과 연관된 그런 이미지였다.

학생들의 성격을 확인하기 위해 가끔 좋아하는 색을 물어보곤 한다. 대부분의 학생들은 이런 질문에 머뭇거리는 편이지만 그 여학생은 조용히 미소 지으며 당연하다는 듯 보라색이라 답했다. 나는 어떤 사람이나 사물에 대해 선입감을 가지고 단번에 판단하는 일을 삼가하는 편이다. 외모나 인상, 또는 취향이 그 사람의 전부가 아니기 때문이다.

대학 1학년 시기는 많은 변화를 겪는다. 부모와 학교, 선생님의 영향 아래서 벗어나 난생 처음 자기만의 존재로 접어드는 시간이다. 그래서 시행착오도 많고 남들에게 휩쓸리기 쉬운 시기인데 갓 스물에 접어든 그 여학생은 1년간 줄기차게 보라색 옷을 입고 다녔다. 디자인을 전공하는 학생치고는 비교적 독서를 좋아하고 창의력도 뛰어날 뿐 아니라 자기주장도 있고 좋아하는 과목에 열성을 보였다.

보라색을 유독 좋아하는 사람은 신비로움과 정신세계에 관심이 많다. 보라는 빨강과 파랑이 합쳐진 색이기 때문에 빨강이나 파랑에 집착하는 사람보다 현실에 잘 적응하는 경향을 보인다. 감성으로 표현하는 능력이 뛰어나 예술가들이 즐겨하는 색이기도 하다.

보라색이 긍정적으로 작용할 때는 자기존중과 자부심이 극대화되고 추상적 사고나 눈으로 볼 수 없는 상징과 직관, 영감이 탁월하게 발휘되기도 한다. 그러나 부정적으로 작용할 때는 자신에 대한 의식수준이 낮고 남에게 인정받지 못한다는 실망감에 빠져들 수도 있다. 심할 경우 자신을 의심하고 두려움과 공포에 빠지기도 한다.

그 여학생이 1학년 2학기부터 뭔가 모를 변화가 보이기 시작했다. 가끔 결석을 할 뿐 아니라 의욕도 없어 보였다. 나는 그 무렵 스터디그룹 학생들을 데리고 여행 다니는 일을 좋아했다. 학교에서 접할 수 없는 그들의 고민과 의식을 자연스럽게 소통할 수 있기 때문이다. 그 해 겨울, 그 여학생은 일행으로 참가해 푸른 상록수와 바다가 아름다운 남쪽 지방으로 여행을 떠났고 그 기회에 나는 그 여학생의 고민을 들었다. 자신감이 없고 건망증이 심해졌을 뿐 아니라 친구들로부터 오만하다는 소리를 듣는다고 했다. 또한 부모나 동생들에게 경솔하다거나 무례하고 자기만 아는 이기주의자로 치부당한다는 볼멘소리도 했다.

그 여학생은 함께 여행을 다녀온 후 기분이 좋아졌다고 했다. 여행 그 자체만으로도 치료효과를 보았을 것이다. 바다와 상록수를 보면서 여행하는 것은 답답한 마음을 치료하는데 탁월한 효과가 있기 때문이다. 나는 내친 김에 그 여학생이 좋아하는 보라색 옷을 그만 입고 노랑이나 주황 옷을 입어볼 것을 권했다. 겉옷으로 내키지 않는다면 속옷으로 입어볼 것을 제안했다. 노랑과 주황은 보라색의 보색이기 때문에 한 쪽으로 치우친 색을 보완해주는 역할을 한다. 또한 초록색 액세서리나 잎이 무성한 화분을 방 안에 두라고 권했다.

물론 그 여학생은 훨씬 명랑해지고 자신감을 되찾았다. 색은 취향이기도 하지만 무의식의 표현이기도 하다. 한 가지 색에 유독 집착하는 현상은 한 가지 음식만 먹는 편식과도 같아서 정신건강에 이로울 것이 없다. 모든 색에는 긍정적인 면과 부정적인 면이 있다.

색즉시공

영화 제목으로, 그 전에는 연극 제목으로 인구에 회자되는 말 중에 '색즉시공色卽是空'이 있다. 철학적 사유를 좋아하는 사람에게 색즉시공이 뭐냐고 물어보면 '물질은 말짱 꽝'이라는 허무주의로 설명하는 경우가 많다. 농담 반 진담 반 '여색을 멀리하라'라는 뜻이라고 대답하는 사람도 더러 있다.

불교는 고도의 철학적 사유를 요구하는 종교라 어떤 용어든 얼른 의미를 붙잡기가 만만찮다. 색즉시공을 문자 그대로 풀어 보자면 색色은 곧 공空이다. 그렇다. 색은 곧 컬러다. 눈에 보이는 컬러는 그 물체가 반사하는 빛이다. 사람도 물체이니 당연히 색이 있다.

초기 불교에서는 색色을 몸으로 간주했다. 몸! 세상에서 가장 소중한 것이 몸

이 아닌가. 고민하고 기뻐하고 사랑하고 절망하는 이 모든 것들은 살아있는 몸이 있기에 가능한 일이다. 명예욕 · 물질욕 · 성욕 따위도 알고 보면 몸을 온전하게, 건강하게, 즐겁게 유지하고 싶은 욕구에서 나온다. 제 아무리 고매한 인격자라도 몸을 무시하는 인간은 없다. 극한의 고통을 감내해 가며 히말라야 빙벽을 기어오르는 산악인이나 수행자 또한 궁극적으로 몸의 고통을 벗어나기 위한 방편이자 발버둥이다.

현대 불교에서 말하는 색은 몸을 포함한 모든 물질을 의미한다. 인간 존재를 물질과 정신의 묶음으로 설명하되 이는 곧 공[空] 한 존재라는 것이다. 공은 텅 빈 것이나 헛것이 아니라 온전한 실체가 없다는 뜻이다. 모든 것이 변한다[무상無常]는 생각이 공사상이다. 원인에 따라 결과가 끊임없이 변한다는 진리가 곧 색즉시공[色卽是空]이요, 공즉시색[空卽是色]이다. 수상행식[受想行識] 역부여시[亦復如是], 즉 느낌 · 생각 · 행동 · 지식 또한 마찬가지라고 설파한다.

검은 머리 파뿌리 되도록 사랑할 줄 알았던 애정도 3년이 못 가서 죄다 식고 만다. 사계절 변하는 자연과 날씨와 빛에 따라 하루에도 끊임없이 변하는 시각현상은 물론이려니와 인간의 마음도 시시각각 변한다. 이 세상에 존재하는 과학 · 철학 · 예술을 비롯한 각종 진리탐구나 표현의 방식들은 변하는 것에 대한 추적이자 변하는 것들을 붙잡아 놓고자 하는 욕망에서 비롯된다 해도 과언이 아니다. 우리는 어리석게도 다이아몬드와 같이 변하지 않는 것을 원한다. 사랑과 우정이 변하지 않기를, 풍요로운 재산과 건강이 제발 변하지 않기를 기원한다. 그러나 이 세상 어느 것 치고 변하지 않는 것이 어디 있으랴. 영겁의 세월 동안 다이아몬드도 변한다. 길어야 100년을 사는 인생은 끊임없는 기쁨과 고통, 무덤덤함을 반복하는 과정이다. 희로애락喜怒愛樂과 생로병사生老病死를 운명으로 살아가는 존재가 인간이요 변화 그 자체가 바로 인간의 삶이다.

영원히 변하지 않는 것은 무엇일까? 이 세상 존재하는 모든 것이 변한다. 손에 잡히고 귀에 들리고 마음에 떠오르는 모든 것들이 변한다. 그래서 색도 변한다. 왜 변하는가? 그 원인을 알고 결과를 알면 깨달음을 얻어 그대는 급기야 해탈할 것이다. 색이 끝없이 변하노니 이름하여 색즉시공!

한국색, 일본색

디자인을 공부하는 학생들이 외국으로 수학여행이나 졸업여행을 간다면 일본이 가장 좋다는 신념에 변함이 없다. 우리의 현대 디자인은 대부분 일본을 거쳐서 들어왔기 때문이다. 디자인은 물론 산업의 많은 부문에 직접적인 영향을 주는 일본을 20대에 경험하는 것은 매우 중요하다. 내가 지도하는 학생들은 이러한 나의 주장에 곧잘 따라준다. 그러나 일본 땅을 밟은 우리 대학생들은 화려한 디자인왕국인 일본에 대해 대체로 실망하는 눈치다.

칙칙한 회색풍의 건물과 거리, 상업지역을 제외한 일본의 도시는 온통 무채색이라 해도 과언이 아니다. 힘없이 거리를 걷는 직장인들의 옷차림과 도시를 벗어난 시골동네는 마치 검정교복을 차려입고 줄을 서있는 중학생처럼 철

저히 통일된 회색을 보여준다. 비까번쩍한 서울거리에 익숙한 우리 학생들이 일본에 도착하자마자 실망스런 눈길을 보내는 이유가 여기에 있다.

일본에 비해 우리나라 사람들은 개인주의 경향이 강하다. 누구 하나 못난 사람이 없다. 잘난 우리나라 사람들은 세계 어느 나라에서 보기 힘들게 경찰서에서도 큰소리를 친다. 그만큼 자기주장이 강한 민족이다. 반대로 일본은 집단주의가 강한 민족이다. 우리나라 사람들을 형형색색의 조약돌에 비유한다면 일본 사람들은 찰흙에 가깝다. 집단을 중시하는 일본의 국민성은 곧바로 색으로 드러난다. 일본의 아파트나 마을은 한결같이 채도가 낮은 색을 유지한다. 우리나라 시골 마을의 지붕은 빨강 · 파랑 · 초록 등 자기취향에 맞게 갖가지 색을 칠하는 반면 일본은 원색으로 집을 칠하지 않는다. 남에게 튀는 것을 싫어하다 못해 겁내는 민족이 일본이다. 소위 '왕따'를 두려워하는 정서

가 색채로 나타난다.

색상대비에 의존하는가, 명도대비에 의존하는가는 문화의 차이에서 비롯된다고 주장하는 학자도 있다. 주정적主情的 경향에 가까운 우리나라는 색상에 의존하고, 주지적主知的 경향에 가까운 일본은 밝기 대비에 의존한다.

색은 집단과 개인의 취향과 생각을 자연스럽게 표현하는 의사소통 방식이다. 나는 실망하는 학생들에게 겉으로 보이는 일본의 색과 안에 숨겨진 색을 유심히 살펴보라고 권한다. 밖으로 보이는 무채색과는 정반대로, 마치 수박처럼 속으로는 화려한 원색이 넘쳐나는 세계가 바로 일본이다. 이러한 색채의식은 일본 국민들이 지닌 사회성을 극명하게 보여준다.

일찍이 유교정신에 길들여진 우리 민족은 겉 다르고 속 다른 인간을 경계해왔다. 말과 행동이 일치하는 사람을 인격자로 대우한다. 싫으면 싫고 좋으면 좋다는 표현이 우리가 가진 솔직함의 미덕이라면 일본 사람들은 싫다는 소리를 하지 않는 것을 미덕으로 삼는다. 남을 배려하는 깊은 속마음이 일본인의 장점이지만 한편으로는 소위 남에게 찍히는 것을 두려워하는 소심함도 들어있다. 그리하여 일본은 겉으로 볼 때 자기를 내보이지 않는 무채색이요 안으로 들어가면 싫증날 정도로 화려한 원색이 꿈틀거리고 있다. 회색으로 일관하는 일본의 보통 가정은 규격화된 다다미방이지만 장식은 화려하다. 음식점에서 내놓는 나무젓가락 포장지 하나에서부터 메뉴판, 그릇은 물론 음식

きんとん

의 색깔은 가히 원색으로 넘친다. 특히 떡이나 전통 과자와 같은 가공식품은 먹기 위한 것이라기보다 보기위한 장식물에 더 가깝다.

모든 생물은 평형을 유지하고자 하는 본능이 있다. 색채 또한 이러한 원칙이 적용된다. 우리나라가 일본보다 색채의식이 뒤진다고 느끼는 이유는 생활 속에서 별다른 저항감 없이 색을 사용하기 때문이다. 그러나 일본은 집단주의로 인해 극히 절제된 사회 속에서 억눌린 색채를 해결하기 위해 개인생활에서는 그만큼 화려한 색채로 보충한다. 이러한 의식적인 색채 활용은 우리가 보기에 가식적으로 느껴지기 십상이지만, 일찍이 서구문명과 교류하면서 일본 특유의 조형미를 추구해온 결과로 인정해야 한다.

색채의 활용에는 연습이 필요하다. 일본인이 사용하는 극단적 원색이 촌스럽게 느껴지지 않는 이유는 오랜 기간 철저한 분석으로 이루어진 감성의 질서 때문이다. 집단과 개인을 엄격하게 구분하는 일본의 관습은 색채표현 기술을 발달시켰다.

경상도 색, 전라도 색

나는 태어나면서부터 고등학교를 졸업할 때까지 경상도에서 자랐다. 스무 살이 되면서 서울에 올라와 대학으로 직장을 옮기고 나서 여행할 기회가 많았던 편이다. 비교적 젊은 시절 시간이 나는 대로 내가 즐겨 여행했던 곳은 전라도 지역이라 자연스럽게 두 지역을 비교해 보게 된다.

경상도 땅은 백두대간 줄기가 있어 산과 밭이 많고 척박하다. 반대로 전라도 땅은 넓은 평야와 낮고 예쁜 산, 서해와 남해의 다도해를 끼고 있는 천혜의 지역이다. 인간은 자연의 일부인지라 풍토가 다르면 심성이 달라진다. 경상도에서 신라의 기질을, 전라도에서 백제의 기질을 느낀다면 너무 비약한 셈일까?

척박한 땅은 본능적으로 사람을 거칠게 하고 말과 행동이 빠르고 도전의식

을 갖게 만든다. 조선시대를 보더라도 경상도 사람들은 과거시험에 목숨을 걸었고 중앙으로 진출해 권세를 잡는 일에 집중하는 경우가 많았다. 삼국을 통일한 전략의 기질, 신라의 후예답게 출세위주의 기질을 가진 경상도 사람들, 지금도 기업가 중에는 경상도 사람이 많고 교육열이 대단한 곳 또한 경상도 지역이다.

인간은 환경의 지배를 폭넓게 받다보니 어느 곳이든 그 지역 사람들은 자연의 풍광을 닮기 마련이다. 보고 듣는 것이 학습의 기본이기 때문에 그러한 자연의 풍토에서 오는 지역색은 곧바로 색채의식과 연결된다. 지역색은 민족색과 함께 정신적 주체를 빼앗기지 않으려는 동류의식에서 비롯된 것이다.

풍요로운 전라도 풍토는 먹고살기 좋은 자연환경인지라 여유 있는 삶이 곧 예술을 꽃피우게 만들었다. 한국화의 본고장인 그 곳 사람들은 판소리 한 대

목쯤은 누구라도 뽑을 수 있을 만치 탐미적이고 낙천적이다. 소박하고 정교한 아름다움을 구사한 백제의 후손답게 문학과 음악, 미술을 풍부하게 열어 간 곳이다.

경상도에서는 감정을 쉽게 드러내지 않는 사람을 점잖고 멋있다고 본다. 조선의 유학이 꽃핀 지역답게 색깔을 드러내지 않는 기질로 인해 예술가 또한 전라도와는 사뭇 다르다. 우리 음악과 무대예술의 결정판인 판소리가 경상도 땅에 없는 이유는 그 걸쭉한 대사와 맛깔을 음미할 여유가 없기 때문이다.

경상도 땅은 회색기운이 도는 황토색이다. 경상도 땅은 암반지대로 건조하여 땅의 색깔이 무채색에 가깝다. 그러나 전라도는 원색이다. 붉은 황토 땅에서 피어나는 봄날의 노랑 유채꽃, 빨강 동백꽃, 초록 들판과 파랑 하늘 그리고 푸른 바다에 싸여 그곳 사람들은 원색에 익숙하다.

지역색은 소중하고 나름대로 지켜야할 유산일 뿐만 아니라 오히려 권장해야 마땅하다. 단지 정치적 배타성만 없앨 수 있다면 지역색은 강할수록 좋다. 프로 스포츠가 지역에 기반을 두어야 활성화 되듯 지역의 색깔이 없는 나라는 문화가 그만큼 단조로울 수밖에 없다.

경상도와 전라도에 대한 평소의 색감구분에 나름대로의 이유와 잣대를 대보던 중 어느 색채전문기관의 조사결과를 보게 되었는데, 나의 생각과 별만 차이가 없었다.

경상도 사람들은 색채에 대한 감성이 단조롭다. 동적이고 정적인 구분이 약하고 주로 부드럽고 딱딱한 색채감각으로 색을 구분한다. 경상도 사람들이 좋아하는 색깔은 그들의 성격과는 반대로 부드러운 색이다. 약점에 대한 보상심리가 아닐까 한다.

전라도 사람들이 가진 색채감성은 경상도에 비해 훨씬 풍부하다. 부드럽고 딱딱한 구분은 물론 정적이고 동적인 구분이 폭넓게 발달했다. 좋아하는 색 또한 매우 다양하다. 이는 전라도의 풍토가 알게 모르게 색채감각을 키워준 바탕이 되었다. 경상도 사람들이 좋아하는 색이 파스텔 톤 일색인데 반해 전라도는 노랑 · 초록 · 파랑 · 빨강 등 훨씬 원색에 가깝다. 왜 전라도에서 예술이 발달했는지 금방 원인을 찾을 수 있는 대목이다.

어느 지역이 좋고 나쁘고를 떠나 지역색은 그 문화권에 살고 있는 사람들의 기질로 이어져 왔다. 교통이 발달하고 매스컴이 문화소통의 채널로 일반화 된 이 시대에 차츰 지역색이 희석되는 느낌이 들어 안타깝다. 전라도다운 색깔, 경상도다운 색깔이 저마다 살아날 때 우리의 고유문화가 풍족해진다. 기술문명의 발달이 이런 경우에도 꼭 좋은 것만이 아니다.

환경색채 다시보기

인간의 눈은 사물을 볼 때 형태보다 색채를 먼저 받아들인다. 색채는 알게 모르게 우리의 정서에 영향을 미친다. 마치 탁한 공기가 서서히 신체 기능을 나쁘게 만드는 것과 같이 잘못 사용된 색채는 모르는 사이에 몸과 마음을 피곤하게 만든다. 색은 일종의 메시지로서 묵시적으로 지시하는 역할을 한다.

우리나라 도시만큼 자극적인 색을 사용하는 나라도 드물 것이다. 상가건물은 하나같이 원색의 간판으로 뒤덮여 있다. 네가 잘났으면 나도 잘났다는 식이다. 본래 건물의 색이 무엇인지 간파하기 힘든 경우도 많다. 채도가 높은 색은 시각을 자극하는 힘이 강해 얼른 눈에 들어온다. 그렇다고 제각기 원색을 고집하다보면 혼란만 가중될 뿐이다. 대부분의 광고간판은 광고법을 위반한 불법 부착물이다. 행정력이 간판에 까지 미치지 못하는 이유가 어디에 있

는지 모르겠지만 우리는 눈만 뜨면 불법을 바라보고 사는 형국이다. 간판이 미관을 해친다는 사실은 누구든 잘 알고 있다. 최근들어 지방자체단체가 앞장서서 간판을 정비하고 있다. 그 어떤 규제보다 효과가 좋은 규제임에 틀림없다. 프랑스나 일본의 경우와 같이 법규에 따라 간판의 색과 크기를 명확하게 준수하는 일도 선진화의 일종이다.

전국 어디를 가나 주유소 색깔처럼 대기업부터 색깔을 마케팅의 도구로 활용하다보니 소규모 음식점 또한 강렬한 원색으로 일관한다. 우리나라는 그 지역에 맞는 색채가 없고 오로지 광고색채만이 넘쳐난다. 현란하고 자극적인 환경 색채는 우리의 정서를 충동적으로 만들고 끊임없는 자극을 주어 색채에 대한 미감을 파괴시킨다.

초가지붕을 걷어내고 슬레이트 지붕으로 바꾼 1970년대 새마을 운동을 우리 모두 기억한다. 그 당시 주택 색채계획은 몇 십 개의 색채 샘플을 놓고 일반인을 상대로 선호도를 조사해 적용했다고 한다. 색채 견본으로 마을의 주택 지붕 색에 적용하는 것은 당연히 무리한 발상이다. 그 때 결정한 색이 빨강 · 파랑 · 초록이다. 원색은 눈에 잘 띈다. 지붕개량의 업적이 멀리서도 잘 보이라는 의도도 있었을 것이다. 그 시절의 지붕 색이 아직까지도 산촌이나 어촌 할 것 없이 시골마을에서 원색의 잔치를 벌이고 있다. 혹자는 그 원색이 시골답게 친근해 보인다고 한다. 워낙 오랜 세월 보아왔던 색이라 어색한 줄을 모른다. 익숙한 것이 아름답다는 명제는 이 경우에도 통한다.

눈에 쉽게 띄는 원색은 시각 공해를 유발한다. 특히 극단적인 색채 활용은 그곳에 사는 이들의 성격을 자극적으로 변하게 할 수도 있다. 색채 자극 속에서 살아가다보면 자신도 모르게 조급해지고, 과도한 경쟁 심리에 휘말려 들 수 있다. 주거환경의 색은 해당 지역의 풍토와 어울려야 한다. 본래 건축의 재료는 자연물이다. 그러므로 우리 농어촌 지역의 고유한 생활 문화를 반영하기 위한 주거지의 색은 흙과 돌의 색깔이 기본이다.

자연 상태에서 널리 존재하는 무기물의 색인 무채색 계열은 아늑한 이미지를 줄 뿐 아니라 원색을 조금만 섞더라도 다양한 느낌을 연출할 수 있다. 또한 지역별 풍토에 조화를 줄 수 있는 색채를 더해주면 특색도 살아난다.

땅의 색과 주택의 색은 유사할수록 좋다. 바다 인접 지역에는 밝고 명쾌한 색을, 내륙에는 차분한 무채색을 적용하는 것이 빛과 생태를 고려한 원칙이다. 지방자치단체와 지역주민들은 이 같은 주택의 색채 표준을 마련하고 그 적용과 관리를 체계화했으면 한다.

자연 환경과 심성에 부합하는 색은 피로를 줄이고 해당 지역의 품위도 살릴 수 있다. 마을 분위기를 차분하고 안정감 있게 만들기 위해서는 색채로 통일감을 주어야 한다. 이는 주민의 연대의식을 높이는 것은 물론 시각적으로 아름다움을 주는 효과도 있다. 농어촌의 지붕 색은 선진국의 품격을 드러내는 지표다. 눈에 잘 띈다고 해서 무조건 좋은 색은 아니다.

위험을 알리는 색

집 밖으로 나서면 각종 표지판이 난무한다. 건물을 온통 도배하다시피 현란한 상점의 간판과 도로 표지판은 보는 사람에게 색으로 지시를 보낸다. 교통신호등 또한 색으로 운전자에게 명령하는 체계를 가지고 있다. 도로와 같이 달리는 상황에서 색을 받아들이는 일은 생명과도 직결된 안전의 문제로 왜 그러한 색을 사용하는지 눈의 생리를 통해 알아보자.

인간은 눈은 색을 인식할 때 3가지 원색으로 알아차리도록 설계되어 있다. 색을 감지하는 시신경세포 추상체는 빨강 · 초록 · 파랑의 3가지 색을 감지하도록 구성되어 있다. 이러한 3가지 기본색 이외의 색은 감각물질의 혼합으로 느낀다. 추상체는 밝은 곳에서 주로 활동하고 간상체는 주로 어두운 상황에서 활동한다. 밝은 상황에서 빨강이 눈에 잘 띄는 이유는 추상체가 빨강에 가

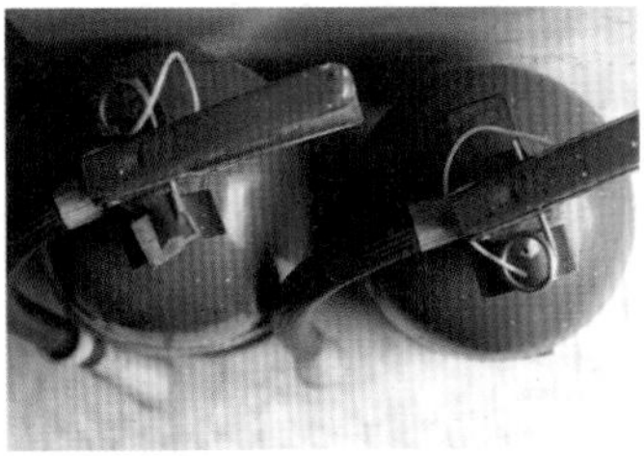

장 잘 반응한다는 뜻이다. 우리가 보통 '밤눈이 어둡다'라고 말하는 것은 간상체에 문제가 발생해서 일어나는 현상이다.

3가지 기본색에서 빨강은 파장이 긴 색으로 투과력이 좋아 눈 속 깊이 상이 맺힌다. 또한 우리 눈은 빨강을 받아들이는 추상체의 분포가 가장 많아 인식하기 쉬운 색이다. 초록은 중파장의 색으로 눈의 투명물질을 통과한 후 망막에 정확하게 상이 맺힌다. 그래서 사람이 받아들이기에 가장 좋은 색은 초록이다. 파랑은 파장이 짧아 망막의 앞쪽에서 상이 맺혀 실제 물체나 빛보다 멀리 있다는 느낌을 주는 색이다. 생리적으로 초록을 가장 정확하게 인식하지만 인간의 오랜 경험과 색채자극에 따라 실제보다 가깝게 보이는 빨강을 위험을 알리는 색으로 많이 활용한다. 빨강은 불을 연상하고 혈압과 맥박수를 높여 뇌파를 자극해 긴장감을 고조시키는 역할도 한다. 신호등에서 정지하라는 지시를 빨강으로 정한 이유가 여기에 있다.

그러나 색이 눈에 잘 보이는 정도는 특정한 색의 성질보다 그 색의 주위가 어떠한가를 고려해야한다. 생리적으로 초록이 눈에 정확하게 잡히는 색이라

80
단속중
Police
enforcement
350m
무인단속중
포천경찰서

할지라도 나무가 무성한 도로변에 놓여지는 초록 표지판은 주변 환경으로 인해 얼른 눈에 들어오지 않는다. 따라서 초록 표지판은 위험을 알리는 기능보다 거리나 방향을 안내하는 색으로 활용된다.

도로 표지판은 주변 환경을 고려하해서 눈에 띄는 정도에 따라 우선순위를 정했다. 경고하는 빨강과 노랑, 주의를 요구하는 파랑, 내용을 안내하는 초록, 문화재 등을 알려주는 갈색 순으로 활용되고 있다.

한편 실내 비상구를 안내하는 색이 초록인 이유는 어두운 상황에서 주로 간상체가 노랑 기미의 초록에 가장 정확하게 반응하기 때문이다. 나이가 들수록 눈은 유리체에서 황변화가 일어나 파장이 짧은 파랑은 눈에 잘 들어오지 않는다. 그러므로 경고나 지시의 색으로 파랑은 불리한 색이다.

물론 눈에 가장 잘 띄는 색은 노랑이다. 도로 표지판에 노랑을 사용하지 않는 이유는 밝은 색이 허공을 배경으로 할 때 오히려 눈에 잘 들어오지 않기 때문이다. 그러나 도로의 중앙선이나 장애물, 우선멈춤과 같이 배경이 어두운 도로색일 경우 노랑은 경고의 색으로 매우 좋다. 노랑은 직접 빛을 낼 경우뿐만 아니라 페인트로 칠을 했을 경우에도 눈에 가장 잘 들어오는 색이다. 노랑이 검정과 결합했을 때 가장 눈에 잘 띄는 배색이 이루어진다. 이처럼 눈에 잘 띄는 색은 도로와 같은 외부환경에 놓일 때이고, 아름답게 보이도록 디자인하는 것은 다른 여러 요소를 감안해야하므로 별 개의 문제다.

안전을 위한 색채분류에서 노랑은 충돌위험, 장애물이나 추락위험이 있다는 것을 경고하는 표준색이다. 명료도가 가장 높은 색으로 어지간한 조명 아래서도 눈에 잘 띄고, 주로 검정과 배색한다.

주황은 절단 · 분쇄 · 전기충격 등의 위험으로부터 작업자를 보호하기 위한 색이다. 또한 초록은 구급장비 · 상비약 · 가스마스크 · 의약품에 쓰이는 표준색이다. 빨강은 소방 기구를 나타낸다. 소화기 뒤의 벽, 방화벽, 소방밸브나 호스연결구 등에 빨강을 칠한다. 파랑은 주의 신호에 쓰는 색이다.

교통사고를 줄이는 방법 중에는 도로 표지판의 개선도 필요하지만 무엇보다 도심지의 간판을 개선하는 것이 시급하다. 모든 색은 주위의 영향을 절대적으로 받기 때문에, 특히 야간에는 간판의 조명이 너무 강렬하여 상대적으로 신호등의 빛이나 표지판을 보기 어렵게 만드는 것이 우리의 현실이다. 도시미관을 개선하는 일도 시급하지만 사고를 예방하기 위해서라도 원색의 강한 조명으로 운전을 방해하는 간판을 하루 빨리 정비해야 할 것이다.

색의 인문학

〈전통〉

우주와 인간 질서를 상징하는 색, 오방색

서울의 동대문에는 흥인지문興仁之門, 남대문에는 숭례문崇禮門이라는 현판이 걸려 있다. 한자를 싫어하는 요즘 학생들에게 이런 이름이 붙은 이유를 물어보면 난색을 표한다. 혹시 고리타분한 선생이라는 낙인이라도 찍힐까봐 이제는 그런 식의 질문을 할 엄두가 잘 나지 않는다.

선사시대부터 인간은 거대한 자연 앞에서 힘없는 존재였다. 카오스, 즉 무질서의 세계는 두려움의 공간이고 질서의 세계인 코스모스는 미래를 예측할 수 있어 평화를 예견한다. 그래서 자연의 질서에 순응하는 삶은 안전을 담보한다. 오방색은 우주와 인간의 질서를 상징한다.

음양오행陰陽五行 사상은 중국을 중심으로 하는 한자문화권 국가에서 우주에 대한 인식과 사상을 정립한 원리이다. 이 세상 모든 존재는 음과 양에 의해 생겨나고 소멸한다. 또한 하늘의 별을 볼 때 항상 제자리를 지키는 항성恒星보다 움직이는 별인 행성行星이 인간의 길흉화복吉凶禍福에 관여할 것이란 믿음을 가졌다. 그래서 해와 달의 음양과 5개의 행성, 즉 목성 · 화성 · 토성 · 금성 · 수성을 우주관의 기본으로 삼았다. 지구의 구성요소인 나무[木] · 불[火] · 흙[土] · 쇠[金] · 물[水]의 5원소가 상호 작용함에 따라 자연과 인간을 설명하고자 하였다. 이러한 색채의식은 기원전 1세기 경 전한시대에 성립된 음양오행 사상으로 전개되어 왔다.

오방색은 음양오행 사상에 따른 방위와 상징을 나타낸다. 동방東方은 태양이 솟는 곳으로 나무가 많아 항상 푸르기 때문에 청색을 의미하고 봄을 의미하며 탄생하는 곳으로 양기가 강하다. 서방西方은 쇠가 많다고 생각하고 쇠의 색깔을 희게 보아 백색이고 가을을 의미하며 해가 지는 곳으로 음기가 강하다. 남방南方은 언제나 해가 강렬해 적색이고 만물이 무성하여 양기가 왕성한 곳으로 여름을 의미한다. 북방北方은 깊은 골이 있어 물이 있다고 여겨 이를 검게 보아 흑색이고 겨울을 의미한다. 중앙中央은 땅의 중심으로 해와 가장 가까운 곳이라 여겨 광명을 상징하는 황색이다.

음양오행의 상징적 원리는 색깔뿐만 아니라 신체 · 감정 · 계절 · 맛 · 소리에도 적용했다. 그 원리로서 한의학의 기본이 마련되었고, 음악의 체계가 수립되었고, 한글의 창제가 가능했으며 한양의 도시설계에도 적용되었다.

오행의 각 기운과 연결된 청靑 · 적赤 · 황黃 · 백白 · 흑黑의 다섯 가지 기본색인 오방색은 오정색五正色, 오색五色, 오채五彩라고도 하였다. 오방색 사이에 위치하는 중간색인 벽색, 녹색, 홍색, 자색, 유황색이 오간색五間色이다. 오정색과 오간색은 우리 전통문화의 기본색으로 설정하여 다양하게 활용해왔다.

우리 선조들은 우주를 관장하는 제왕 밑에 각 방위를 수호하는 신령스러운 동물이 있다고 여겼다. 동방에는 파란 청룡靑龍, 서방에는 하얀 백호白虎, 남방에는 붉은 주작朱雀, 북방에는 검은 현무玄武로, 풍수지리에서 좌청룡 · 우백호 · 남주작 · 북현무라 하여 요즘에도 묘지를 정하거나 집터를 잡는 풍수의 기준으로 삼고 있다.

오방색과 오간색은 음양오행의 원리에 따라 시각적인 느낌보다 관념적인 상징에 큰 의미를 두었다. 따라서 관혼상제를 비롯한 생활의 전 영역에 걸쳐 때로는 법으로, 때로는 관습으로 정착되어 지금까지 우리가 알게 모르게 생활 곳곳에 활용되고 있다. 임금을 비롯한 권력층과 서민에 이르기까지 의식주는 물론 인간의 탄생과 죽음도 이러한 사상에 입각한 오방색으로 적용해 왔으니 방향과 색의 연계는 절묘하다.

신분의 높낮이도 오방색 옷으로 적용해왔다. 우주의 중심을 상징하는 노랑은 황제의 색이다. 조선의 국왕들은 황제 바로 다음의 색인 빨강 곤룡포를 입었다. 시대에 따라 약간씩 다른 면모를 보이긴 하지만, 관직에서도 품계에 따라 색깔을 달리하여 위계질서를 잡고자 했다. 조선에서는 당상관인 정1품에서 3품까지는 빨강, 당하관은 파랑, 품계가 낮은 7품에서 9품은 초록 관복을 입었다. 여성의 예복인 원삼은 황후가 황원삼을, 왕비는 홍원삼을, 비빈은 적원삼을 입었고, 공주나 사대부 집안 부인들은 녹원삼으로 신분을 과시했다. 민간의 평상복으로 이러한 색깔의 옷을 금지한 사연은 염색에 들어가는 노동력과 경제성에도 원인이 있겠으나 색깔로서 신분질서를 정립할 필요가 우선하였던 셈이다. 단지 혼례 때만 고귀한 신분을 상징하는 옷을 허용했다.

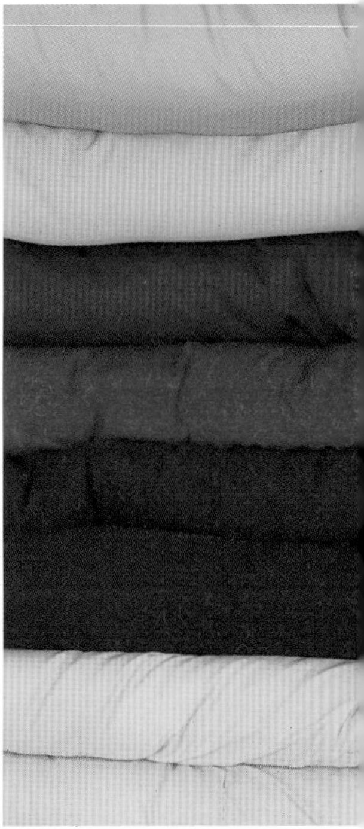

시대에 따라 나라마다 색채관도 변하기 마련이지만, 중국에서 발생한 음양오행과 오방색은 우리나라에서 가장 선명하게 원형을 간직하고 있다.

중국인들은 황제만 사용하는 노랑 다음의 색인 빨강을 고귀한 색으로 선택했다. 세상의 중심이라는 중화사상에서 비롯된 자기중심적 색채관은 자연스럽게 강렬한 빨강에 집중하게 되었다. 중국에서 빨강은 즐거움이고

명절의 색이다. 그리고 행운과 돈을 부르는 색으로 사랑받는다. 하양은 애도의 색이며 검정은 상처의 색이자 악의 상징색이다. 불화佛畵의 신들은 하얗게, 요귀는 빨갛게 악마는 검게 그렸다. 중국은 오방색의 종주국이지만 격동의 근세와 사회주의 정치체제에서 전통의식이 상당부분 사라져 버렸다.

일본에서 오방색의 의미는 더욱 희박하다. 섬나라가 갖는 지리적 환경으로 인해 타 문화를 흡수하되 변형시키는 본능이 그만큼 강하기 때문이다. 그러나 스모 씨름판 네 귀퉁이에 늘어뜨리는 색실타래 청방靑方 · 백방白方 · 적방赤方 · 흑방黑方은 오방색의 전통이 남아있는 사례이다. 일본의 장식품이나 상품에서와는 달리 거리의 색은 우리보다 훨씬 단조롭고 무채색에 가깝다. 일본은 색채보다 밝기에 의존하는 편이다. 태극문양이나 거리의 간판, 시골의 지붕 색에서 보듯 강렬한 보색대비를 어색해하지 않는 우리의 색채의식은 오방색의 상징성에 학습되어온 결과라 해도 무방하겠다.

오색한지의 색채

한지의 형상과 성질, 그 쓰임새를 잘 보여주는 글 중에 고려시대 문장가 이첨의 저생전楮生傳은 이렇게 시작한다. "생生의 성은 저楮요, 이름은 백白이요……(중략) 생이 날 때 난초탕에 목욕하고 흰 구슬을 희롱하고 흰 띠를 꾸렸으므로 빛이 새하얗다. (중략) 성질이 본시 정결하여 무인을 좋아하지 아니하며 즐겨 문사와 더불어 노니는데……"

닥나무껍질[저楮]로 만든 한지는 언제 보아도 포근하다. 1,500년 이상 이어온 우리 한지의 탁월함은 기록과 풍류와 문인을 사랑한 우리 민족의 정서와 함께 한다. 세계 최고의 실력을 자랑했던 고려와 조선의 인쇄술은 당연히 좋은 종이가 있었기 때문에 가능했다.

한지는 오랜 역사와 함께 품질 또한 탁월하여 그 어느 나라에서도 모방할 수 없는 장점을 지니고 있다. 닥나무는 섬유질이 질겨 이미 신리시대에 중국에

서 우리의 한지를 수입했다는 기록이 있고, 고구려 담징이 일본으로 건너가 종이와 먹 만드는 기술을 가르쳤다는 기록도 있다. 고려 때에는 왕명으로 닥나무 심기를 권했고 조선의 개국과 함께 한지를 만드는 관청이 개설되어 조선 600년 간 지속적으로 우수한 종이를 생산해왔다.

명나라 도융은 고려의 종이에 대해 "단단하고 질기기가 비단 같으며, 여기에 글씨를 쓰면 먹빛이 아름다운데 이것은 중국에 나지 않기 때문에 진기한 물품이다."라고 칭찬을 아끼지 않았다.

오색한지는 천연 식물염료로 염색한 한지다. 오방색으로 빨강 · 파랑 · 노랑 · 하양 · 검정을 주색으로 하되 중간색과 오색에서 파생된 갖가지 색을 띤다. 우리 오색한지는 한지가 지닌 장점에 전통색을 더했는데, 이것으로 만든 생활용품들은 형태와 색이 어우러져 정감어린 아름다움을 준다. 오색한지로 만든 옛 사람들의 용품을 보면 빨강이나 파랑과 같은 단색을 사용한 것들도 있고 갖가지 무늬와 색채를 대비시켜 멋진 배색효과를 내고 있다. 오색한지 공예품에는 선인들의 뛰어난 색채감각이 살아있다. 특히 한지의 부드러운 느낌과 함께 오래 지녀도 싫증이 나지 않고 볼수록 정이 든다.

오색영롱한 한지로 만든 전통 공예품은 그 시대 여인들의 생활필수품이었을 뿐만 아니라 형태와 색깔 속에 신앙의 의미까지 담고 있는 민중 예술품이다. 인간은 누구나 빈 공간을 꾸미고 아름다운 물건을 만들고자 하는 본능이 있다. 오색한지는 전통색채 그 자체를 보여준다. 파랑 한지는 주로 쪽으로 염색하였는데 간혹 닭의장풀을 사용한 것도 있다. 빨강 한지는 꼭두서니와 밝은 분홍을 내는 잇꽃으로 염색했다. 왕가나 상류층의 사랑을 받은 자주색은 지치의 뿌리, 즉 자초근紫草根으로 선명한 색을 얻었다. 노랑은 치자빛이라 일컬을 만큼 대중화된 치자열매로 염색하고, 검정은 붉나무 잎에 기생하는 진디의 유충을 말려 염색에 이용했는데 옅은 것은 회색이 되고 짙은 것은 검정이 된다. 갈색은 해당화 나무껍질이나 오리나무 껍질로 염색했다.

이제 값싸고 흔한 서양 종이에 밀려 전통한지를 보기 어렵다. 그렇지만 다행스럽게도 최근에 많은 사람들이 오색한지로 전통 공예품을 만들고자 노력하고 있다. 이 분야의 전문가들이 우리 모두에게 사랑 받는 문화상품을 다양하게 개발해주기를 기대해 본다. 오색한지는 우리의 색깔이고 우리의 문화다. 그래서 오색한지를 보면 옛 여인들이 꽃을 꺾지 않고 종이꽃을 만들어 사용했던 속내까지 읽을 수 있다. 과거에 급제한 선비에게 임금이 내려준 꽃도 오색한지로 만든 어사화가 아니던가.

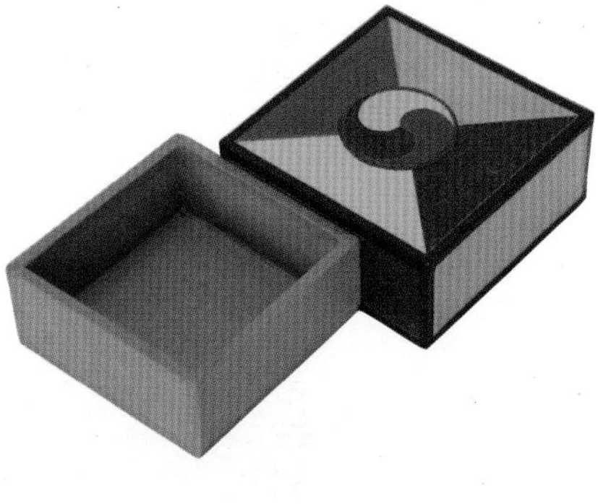

조선의 추상미술, 조각보

이어령은 '한국인의 손, 한국인의 마음'이란 책에서 서양 사람들은 가방을 만들어 냈고 한국인은 보자기를 만들어냈다고 했다. 가방과 보자기의 차이점은 단일성과 다의성의 기능측면으로 구분했는데 가방은 '넣다'라는 하나의 의미지만 보자기는 '싸다', '쓰다', '두르다', '덮다', '씌우다' '가리다' 등 그 기능이 수없이 많다고 했다. 이러한 융통성과 다기능적인 측면에서 인간의 모든 도구가 보자기와 같이 다양한 기능과 콘셉트로 변한다면 오늘날의 문명자체도 바뀔 것이라 주장하였다.

보자기의 아름다움을 가장 잘 보여주는 조각보는 민가에서 옷이나 다른 물건을 만들고 남은 천을 알뜰하게 모아서 튼튼이 만든 것이다. 조각보는 부분과 전체의 조화, 개인과 집단의 역할을 생각하게 한다.

공자가 말하기를 "군자君子 화이부동和而不同, 소인小人 동이불화同而不和"라 했다.

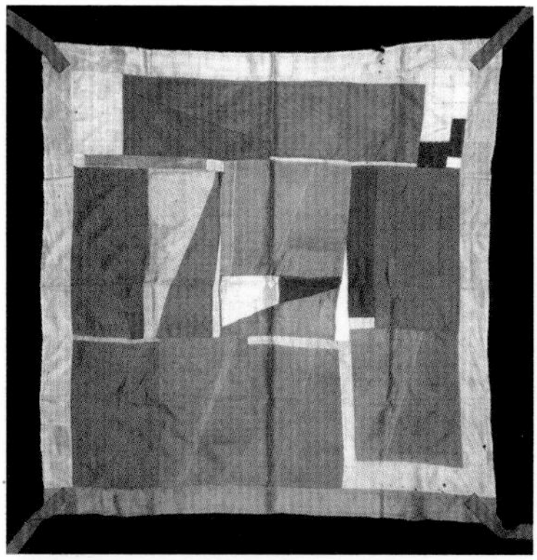

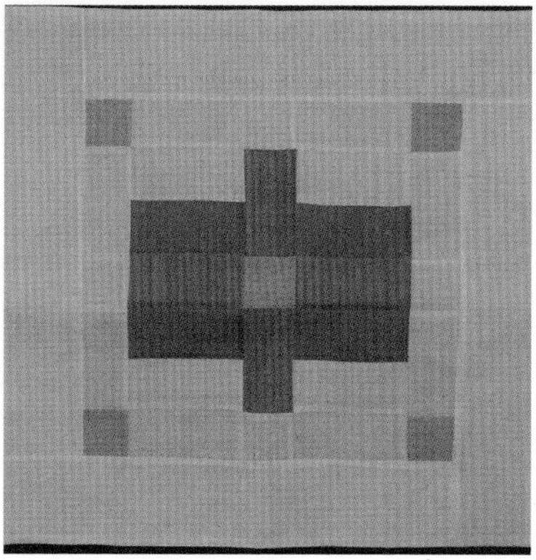

말하자면 "군자는 서로의 생각을 조절하여 화합을 이루기는 하지만 이익을 얻기 위하여 주관을 버리고 상대방에게 뇌동하지는 않으며, 소인은 이익을 얻기 위하여 주관을 버리고 상대방에게 뇌동하기는 하지만 서로의 생각을 조절하여 화합을 이루지는 못한다."는 뜻이다. 조각보의 자투리 천에서 공자의 뜻을 읽었다면 생각의 비약일까?

한국여인들은 갖가지 색깔의 조각을 이어가면서 장수를 기원하고 매사에 공들인 만큼 바라는 인생이 성취될 것이란 믿음을 가졌다. 정성은 곧 복이다. 조각보를 만드는 공력은 곧 복을 짓는 일이었다. 당시 폐쇄적인 환경에서 여인네들은 천 조각을 마르고 꿰매어 잇는 작업 자체의 희열도 짐작할만하다. 조각보는 노동과 여가선용을 겸비한 창작활동의 결과물이다.

서양 추상화가 몬드리안의 그림을 연상시키는 조각보는 탁월한 색채감각과 현대적 조형미를 보여준다. 천연덕스러운 색상조화가 마치 조선시대의 추상예술을 보는 듯하다.

조각보의 색은 음양오행 사상을 기반으로 삼은 빨강과 파랑이 주조색인 경우가 많다. 빨강 · 주홍 · 자주 · 노랑과 같은 붉은 색은 사악한 기운을 물리치는 주술적 기원을 담았고 파랑 · 남색 · 초록과 같은 청색계열은 푸른 식물, 즉 풍년과 영원한 하늘의 염원을 담고 있다.

조각보를 잇대는 방식은 정사각형 모양을 비롯해서 사선형 · 마름모형 · 겹사각형 · 바람개비형 · 수직형 · 수평형 · 대칭형 · 자유형 등 갖가지 유형을 보여준다. 형식의 단조로움을 보완할 요량으로 색채 변화를 주고 패턴의 묘미를 자연스럽게 구사했다. 조각보의 패턴은 일상에서 접하는 창호문양과 가구에서 그 비례와 반복, 리듬감을 자연스럽게 체득하였을 터인데 그 빼어난 아름다움은 천 조각 하나하나를 색상대비와 절묘한 구성으로 배합하는 묘미에 있다.

컴퓨터와 같은 탁월한 도구와 훌륭한 색채재료가 풍부하게 있다고 해서 색채조화를 잘 할 수 있는 것은 아니다. 넉넉하지 않은 천 조각을 대비시켜가며 바느질하던 옛 여인들의 미감을 오늘날에는 보기 힘든 것은 직접 손으로 만들어 사용할 기회가 적기 때문이다. 우리의 조각보는 지금이라도 세계 어디에서든 각광받을 위대한 생활예술품이다. 전통공예를 계승하는 분들이 더욱 분발하여 이 아름다움을 널리 보급하기를 고대해본다.

보기 좋은 떡이 먹기도 좋다

전래동화에 자주 등장하는 떡은 맛있는 음식으로 사랑받아 왔다. '밥 위에 떡'이라, 떡은 밥보다 격이 높아 맛 못지않게 모양과 색깔을 중요하게 여겼다. 의식주는 그 민족의 고유한 환경에 맞게 전승되기 마련인데 우리나라 떡은 주로 멥쌀을 쪄서 만드는 반면 중국은 밀가루로 만들어 구워 먹고, 일본은 찐 찹쌀을 쳐서 끈기 있게 만든다.

요즘에는 사시사철 먹고 싶은 떡을 떡집에서 얼마든지 구할 수 있으나 예전에는 계절마다 나는 곡식이나 식물이 다르기 때문에 절기에 따라 다양하게 떡을 만들어 먹었다. 겨울밤 사랑방 화롯불 위에 석쇠를 놓고 굳은 인절미를 구워서 조청에 찍어 먹는 맛 또한 일품이려니와 '떡 먹듯 한다'거나 '떡 사먹었다'는 등 '미운 놈 떡 하나 더 준다'든지 '누워서 떡 먹기'란 말처럼 떡에 관한 속담이 유난히 많은 걸 보면 평상시에도 간식이나 별미로 곧잘 해먹던 음식이 떡이다.

어린아이가 재래식 변소에 빠지면 변소의 신이 배가 고파서 아이를 잡아먹는 것으로 여겨 '똥떡'을 해서 나누어 먹는 풍습도 있었다.

아기가 태어난 지 21일 되는 날, 삼칠일이나 백일에는 반드시 백설기를 준비했다. 백설기는 멥쌀가루를 시루에 넣고 쪄낸 떡으로 눈처럼 하얗다. 신성한 행사에 등장하는 백설기는 흰색이 신성하다고 생각했기 때문이다. 특히 백일상에는 흰 쌀밥과 미역국, 초록 나물을 비롯해서 백설기, 붉은 팥고물을 입힌 찰수수 경단, 오색 송편이 오른다. 찰수수 경단의 붉은 색은 아기에게 액厄을 면하게 해준다는 의미가 있는데, 어른이 되어 실없이 넘어지기라도 하면 '돌 때 수수경단도 못 얻어먹었나'라고 놀리는 말은 여기서 비롯되었다. 백일 상에 놓는 오색 송편은 추석 때 만드는 것보다 작으면서도 예쁘게 빚어 오색물을 들여 정성껏 만든다. 오색은 오행설에서와 같이 만물과 두루두루 조화해 가며 살아줄 것을 기원하는 부모의 심정을 담고 있다. 백일 떡은 삼칠일 떡과 달리 여러 집으로 돌려 먹는데 백일 떡을 받은 집에서는 빈 그릇에 아기의 장수를 기원하는 흰 무명실이나 큰 복을 받으라는 뜻으로 흰쌀을 담아 보내는 풍습이 있다.

혼례에도 절차에 따라 다양하게 떡이 등장한다. 혼례식 의례상에 올리는 떡으로 달떡과 색떡이 있다. 달떡은 흰 절편이다. 절편은 찐 쌀가루를 쳐서 넓

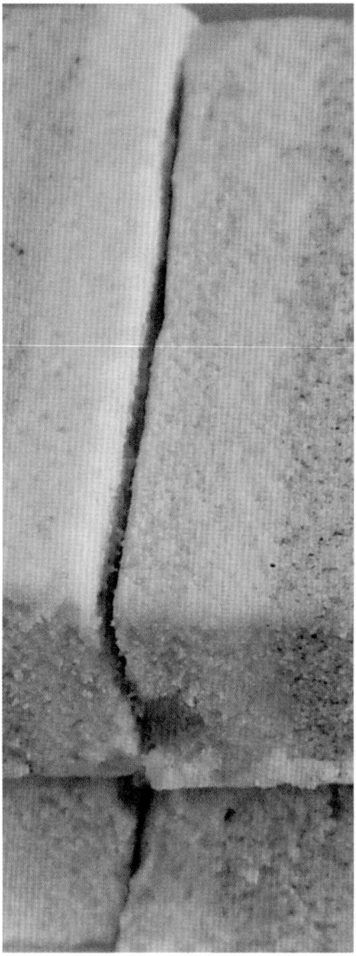

적하게 늘인 후 일정한 모양으로 자르거나 주로 둥글게 문양을 넣어 찍어낸 떡을 말하는데 혼례식 의례상에 올리는 둥근 모양의 달떡은 보름달처럼 집안이 밝으면서도 둥글게 재산을 채우며 살아가라는 기원을 담고 있다. 또한 색편은 부부를 상징하는 암수 한 쌍의 닭을 여러 가지 색물을 들인 절편으로 만들어 상 위에 놓는다.

회갑잔치 상에는 흔히 갖은 편이라 일컫는 백편 · 꿀편 · 승검초편(한약재 당귀로 물들인 절편)을 올린다. 또한 인절미도 층층이 담아 갖가지 웃기를 얹어 화려하게 꾸민다. 인절미는 찐 찹쌀을 떡메로 쳐서 네모지게 만든 다음 팥 · 녹두 · 콩가루와 같은 고물을 묻인 떡이다. 차지고 고소한 맛이 뛰어나고 입 안에서 살살 녹는 느낌이 드는데 노인들이 좋아한다. 이밖에 색떡이라 하여 물감을 들여 빚은 절편으로 나무에 꽃이 핀 형상의 떡을 만들어 장식하기도 했다.

굿판에서도 반드시 각종 떡을 준비하는데 떡은 살아있는 사람이나 먼저 저세상으로 간 조상 · 귀신 · 신령할 것 없이 모두 좋아하는 음식이다. 떡은 맛도 좋지만 색깔이 갖는 상징성도 소중하게 여겼다. 정성을 들인 갖가지 떡은 우리의 따뜻한 음식문화다. 그래서 보기 좋은 떡이 먹기도 좋은 법이다.

한복의 멋과 색

한복은 우리나라의 기후와 산하의 아름다움, 선인들의 경제력, 문화와 미에 대한 안목이 집약된 조형미를 가지고 있다. 어느 나라 어느 민족을 막론하고 전통 옷은 오랜 역사 속에서 나름대로 고유한 문화의 일부로서 독자성을 갖는다.

한복에는 정성이 들어 있다. 내 어릴 적 아버지께서 중요한 일로 나들이하실 때에는 어머니는 며칠 전부터 한복을 손질하셨다. 잣물로 풀을 먹이고 동정을 달고 대님 하나에도 정성을 들였다. 여름날 고의적삼에 청자색 세모시 두루마기를 휘날리며 길을 나서는 아버지의 뒷모습이 어찌나 멋지던지, 어머니는 종손 집안의 맏며느리가 짊어진 고단함도 잊는다고 하셨다.

편리와 실용을 앞세우는 서양문물에 밀려 이제는 제대로 된 한복을 보기도 어렵고 입기도 어렵다. 멋들어진 한복을 결코 박물관의 유물로만 남길 일이

아니다. 편리함만이 인생을 풍요롭게 하는 것이 아니기 때문이다.

한복의 색은 원색으로 보기 쉬운데 원색에서 색상과 명도를 1~2도씩 낮춘 색이다. 차분한 중간색은 무게감이 있고 세련된 느낌을 준다. 우리의 도자기에서 보듯 흰색은 착 가라앉은 흰색이고 파랑 또한 서양의 현란한 코발트블루보다 안정감을 주는 색이다. 우리 한복의 노랑은 치자로 물들이고 빨강과 분홍은 앵두나 홍화, 진달래로 염색한다. 또한 초록은 황련으로, 보랏빛이 도는 파랑은 쪽, 갈색은 떫은 감으로 염색한다. 식물성 염료로 염색한 천은 빨래를 할 적마다 색이 바래 오래 입은 색은 그 나름대로 청아한 느낌을 준다.

고구려 고분벽화에 그려진 옷은 지금의 한복과는 맵시와 색이 다르다. 통일신라시대, 고려로 넘어오면서 형태와 색이 바뀐다. 한복은 우리 민족의 유구한 역사를 통해 외래문물을 반영해가며 조선후기에 지금의 한복으로 귀착되었다.

한복은 직선과 유연한 곡선의 흐름으로 넉넉한 여유가 있다. 온돌방 문화를 반영하는 우리 한복이 다시금 많은 사람들이 즐겨 입는 옷이 되기를 기대해본다. 색 또한 범람하는 화학염료의 경박함보다는 전통 식물염료가 갖는 뛰어난 색감과 건강함을 유지해 나갈 때 우리의 한복은 세계적인 패션으로 각광받을 것임을 확신한다.

현대화는 과거의 것을 버리고 새로운 첨단 문물을 받아들이는 것만이 아니다. 이 나라 패션디자이너들은 조선시대 한복의 맵시와 색은 물론 삼국시대,

고려시대의 원형을 찾아내어 한복의 멋을 살려내는 노력이 필요하다.

옷은 특정한 시대문화를 살필 수 있는 좋은 단서다. 개인으로 보자면 옷은 그 사람의 취향이나 생활관이 반영되어 있고 사회적으로는 신분과 나이와도 관련이 많다. 옷은 인간이 활용하는 그 어느 물건보다 형태와 색상이 예민하게 반영되어 있다.

내 고향 사람들은 정월 대보름 날 집집마다 밤늦도록 돌아다니면서 지신밟기라는 일종의 농악놀이로 한 해를 열었다. 아마 예닐곱 살 쯤이라 기억하는데, 고깔모자에 색동옷을 입고 어른 어깨에 무동을 타고 까불대던 추억이 있다. 색동옷을 입고 온 마을이 꽹과리와 징소리, 지신 밟는 목소리로 축제의 판을 벌이던 풍습은 특별한 민속대회 같은 자리에서나 볼 수 있는 먼 이야기가 되고 말았다.

색동은 즐거움의 색이다. 무지개를 연상시키는 색동은 현대 디자인에서도 곧잘 한국적 정체성을 드러내는 이미지로 활용된다. 국제행사에서 한국적 이미지를 연출하거나 아시아나항공에서 보듯 우리 고유의 느낌을 내는 기업 이미지로도 활용되는 색채가 색동이다.

색동은 색色과 우리말 '동'이 합쳐진 말이다. 동은 저고리 소매에 이어대는 동각 조각을 뜻하는데 오색으로 염색한 천 조각을 차례로 이어 붙여 만든 옷이다. 색동은 음양오행에서 오방색을 기본으로 한다. 즉 방위를 나타내는 파랑 · 빨강 · 노랑 · 하양 · 검정을 주색으로 하나 부정적 의미가 강한 검정 대

신 간색間色을 첨가하여 용도에 맞는 이미지를 표현한다.

색동은 고구려 시대 수산리 고분벽화의 줄무늬 치마에서 나타나듯 멀리 삼국시대부터 현대에 이르기까지 우리의 색채관이 면면히 이어져온 고유의 문화유산이다. 색동옷은 우리나라뿐만 아니라 중국의 소수민족이나 몽골 · 티벳 · 부탄에서도 볼 수 있어 몽골계 민족의 옷에서 나타나는 줄무늬 방식이 그 기원이라 하겠다.

색동의 대표적인 옷은 어린아이의 명절복이다. 색동옷은 섣달 그믐날 어린아이에게 입히는 까치두루마기와 같이 새해의 운수를 점치는 오방색의 오방신장기五方神將旗에서 유래되었다. 우리네 어머니들은 색동옷을 아이들에게 입힘으로써 오행을 두루 갖추어 무병장수를 기원하고 사악한 기운을 물리친다는 주술적 효과도 기대하였다.

어린아이의 색동옷은 따뜻한 색을 중심으로 만드는데 빨강 · 주황 · 노랑을 주색으로 하고 보라 띤 파랑을 보조색으로 하여 활기차고 명랑한 명절 분위기에 잘 어울린다. 보통 5가지에서 7가지 색을 사용하는 명절복은 다른 경우와는 달리 의례적인 상징성이 약해 만드는 사람의 감각에 따라 다양한 색과 배열을 보인다.

한편 무당이 입는 무복巫服의 색동은 다른 복식보다 청록계열을 많이 사용하여 보색대비가 강한 편이다. 빨강 · 파랑 · 자주 · 남색 · 초록을 주로 사용하는 무복은 강렬한 대비로 역동적 이미지를 느끼게 하고 영적인 힘이 강조되어 무당의 주술적 능력을 더해주는 역할도 한다.

색동은 무지개와 같이 화려한 배색이기 때문에 면적대비 효과를 주어 색동의 포인트를 강조하였다. 따라서 옷 전체가 아니라 소맷자락이나 소매 끝에 색동을 장식하고 몸체 부분의 넓은 면은 색채를 단순화시켜 색동의 강한 이미지를 보완해준다. 흔히 한국화에서 강조하는 여백의 미와 같이 넓은 면은 단순하게, 복잡하고 강한 이미지는 작게 만드는 미적 감각을 발휘하는 것이 색동이다.

색동은 줄무늬에 의한 독특한 리듬감을 평행선의 넓이와 색채의 조화에 따라 풍부한 시각적 조화를 갖는다. 이는 음악에서 동적인 느낌과 리듬, 하모니가 자유자재로 변화하는 제반요소들을 시각화시키는 것으로 해석할 수 있다. 우리 국악에서 보는 화음과 공명의 맛을 눈으로 질서를 갖게 만드는 원리에서 나온 것이다. 색동은 몇 개의 색이 반복되나 전체로 볼 때 불규칙하고 전통 도자기나 가구의 문양에서 보듯 비대칭이며 자유롭게 변화를 주는데, 마치 국악을 듣는 것처럼 절묘한 리듬을 느끼게 한다.

색동은 얼핏 보기에 산만한 느낌을 주지만 우리 정서에 잘 들어맞는 미적인 질서와 변화를 보여주는 전통 배색의 결정판이다. 강렬하면서도 화려한 배색의 힘을 우리 생활과 디자인에 폭넓게 수용해서 우리 문화가 결코 서양문화에 뒤지지 않음을 여러 분야의 조형에 종사하는 사람들이 널리 활용했으면 좋겠다.

태극기는 디지털이다

디자인의 상징체계를 해설하는 강의에서 나는 곧잘 태극기와 일장기를 보여주며 어느 것이 우수한 디자인인가를 학생들에게 질문한다. 물론 애국심 따위의 전제조건이나 눈치를 볼 것 없이 순수하게 그래픽디자인 차원으로만 보라고 한다. 대체로 일장기 디자인이 좋다는 의견이 우세하다. 그 이유는 간단하다. 일장기가 태극기보다 심플하다는 이유가 첫째요, 태양이 떠오르는 나라라는 의미가 쉽게 와 닿기 때문이란다. 이렇게 답하는 학생들을 이해 못할 바는 아니다. 우리의 신세대는 복잡함을 싫어하고 쉽고 단순한 것에 익숙해져 있기 때문이다.

먼저 태극기 네 모서리의 4괘를 보자. 세 획은 하늘과 땅, 그리고 중간에 사람이 있다. 하늘에서 햇빛과 달빛이 비치고 숱한 만물이 생성하는 가운데 음양의 가장 대표적인 존재가 인간이다. 이것은 천지인天地人 삼재三才를 상징한다. 끊어진 획은 음이고 길게 이어진 괘는 양이다. 세 획이 모두 양인 건乾은 하늘이고 세 획이 모두 음인 곤坤은 땅이고 음의 괘다. 가운데가 양이고 양쪽이 음인 감坎은 달을 상징하고 음의 괘다. 양쪽이 양이고 가운데가 음인 리離는 불과 문명, 태양을 상징하는 양의 괘다. 즉 태극의 사괘는 하늘과 땅, 해와 달이 된다.

태극기는 이러한 우리 문명의 오랜 우주관을 담고 있다. 음과 양은 디지털 사고思考로서 철학이기 이전에 자연의 모습, 즉 현상이다. 남자가 있으면 여자가 있고, 낮이 있으면 밤이 있고 삶과 죽음, 있음과 없음, 의식과 무의식 등 우리 삶의 이원적 구조를 보여주되 서양의 생각과는 달리 상호조화와 순환을 의미한다.

태극은 무한한 공간과 영원한 시간을 뜻하는 것으로, 동시에 우주의 혼돈[카오스Chaos]과 질서[코스모스Cosmos]로 가는 출발이다. 음양은 서로 상반되는 것이지만 태극으로 맞물리면 서로가 서로를 낳고 조화를 이루고 의지하는 것이다. 살아있는 대표적 음양의 관계인 남녀의 사랑과 교합도 태극이다.

우주는 순환한다. 해와 달이 동쪽에서 떠서 서쪽으로 지면서 음양은 동서로 갈린다. 또한 붉은 양은 위에서 아래로 내려오고 푸른 음은 위로 올라가야 자연의 이치에 순응하는 것이다. 사람의 더운 양기는 아랫배 단전으로 내려와야 하고 맑고 찬 기운은 머리 위로 솟아야 건강하다. 이 얼마나 자연과 인간의 존재이치를 절묘하게 상징하는 디자인이 아니던가?

우리 민족이 사랑한 백색 바탕에 음양의 조화가 역동적으로 순환하는 태극, 그 파랑과 빨강의 극명한 조화, 인간과 자연의 존재원리를 담고 있는 사괘, 심오한 우주관을 모두 담고 있는 태극기가 어찌 일장기의 태양 하나와 견줄 수 있단 말인가?

태극기는 디지털의 구현이다. 아날로그는 계량화計量化이고 디지털은 계수화計數化이다. 아날로그는 연속적 물리량이고 디지털은 0과 1의 이진법 숫자의 단절 신호이다. 본디 세상은 아날로그로 존재한다. 종이 한 장과 만년필도 물질의 기본적인 최소입자로 구성된 원자原子(atom)에서 출발한다. 아톰atom을 비트bit로 바꾼 것이 디지털이다. 손가락, 디지트digit에서 유래한 디지털의 최소입자인 비트bit는 0(꺼짐) 아니면 1(켜짐)로 이루어진다. 원자가 모여 세포가 되고 세포가 모여 몸이 이루어지듯 디지털 계산기 컴퓨터는 비트를 집합시켜 바이트로, 메가바이트, 기가바이트, 테라바이트로 확산한다.

산업혁명에서 이루어낸 아날로그 기계는 인간의 힘을 확장하였고, 디지털 컴퓨터는 인간의 정신을 확장하였다. 물질이 비물질을 지배하던 세상에서 비물질이 물질을 다스리는 세상으로 바뀌었다. 세계는 하나의 그물망 WWW.(world wide web)으로 통합되었다. 소셜네트워크서비스는 인드라망을 구축해 천리안千里眼, 타심통他心通으로 펼쳐진다.

디지털은 생각과 행동을 바꾼다. 이제 생각의 디지털, 행동의 디지털이 되었다. 근사한 음식점에서 사진을 찍어 곧바로 친구에게 보내고 문자를 주고받는다. 사진과 영상, 텍스트 디지털의 생산이다. 그리하여 일과 놀이의 방식이 바뀌고 살아가는 방식과 시간의 개념도 바뀐다. 디지털은 무한복제가 특징이다. 재료비와 보관비가 없는 대량생산으로 경제 방식도 바뀌면서 삶의 방식을 변화시킨다. 비로소 세상이 나요, 내가 세상인 시대에서 살고 있다. 태극기는 이런 디지털 세계의 상징물이기도 하다.

귀신은 왜 빨강을 싫어할까

우리 전통에는 별의별 귀신이 다 있다. 배고플 때 허겁지겁 음식을 먹는 것을 보고 아귀 같다고 한다. 아귀餓鬼는 살아가는 동안 나쁜 짓을 많이 해서 죽어서 배고픈 귀신이 된다고 하는데, 덩치는 황소만큼 우람하지만 입이 바늘구멍만 해서 항상 고통을 받는 귀신이다.

결혼이나 이사를 할 때 택일을 하는 것은 손이라는 귀신을 피해볼 요량에서 나온 풍습이다. 손이라는 귀신은 날짜별로 동서남북 방향을 바꿔가며 사람이 하는 일을 해코지한다. 음력으로 끝수가 9와 0일인 날, 즉 9일과 10일, 19일과 20일, 29일과 30일이 '손 없는 날'이라 어느 방향에서도 악귀가 활동하지 않는다.

인간에게 이로운 귀신도 있지만 해악을 주는 귀신이 더 많다. 지금보다 안전이나 보건에 어려움이 많았던 우리 조상들은 갖가지 나쁜 귀신들을 물리치는 데 관심이 많았다.

귀신을 물리치는 색으로는 단연 빨강이다. 동짓날 문설주에 팥죽을 뿌리거나 장을 담글 때 빨갛게 잘 익은 고추를 띄우는 것 또한 빨강의 적극적인 에너지로 삿된 기운을 물리치겠다는 생각에서 나왔다. 군불을 지피던 시절, 불똥이 치마에 튀어 구멍이 난 자리를 빨간 천으로 기워 입던 풍습도 마찬가지다.

첫 월급으로 어머니께 빨간 내복을 선물하는 일도 액厄을 멀리하겠다는 전통 사고와 무관하지 않다. 사계절 중 햇볕이 가장 적게 드는 겨울에 여성이 빨간 내복을 입는 것은 내복이 갖는 보온 기능은 물론 빨강이 주는 심리작용과 적외선 방출 효과도 함께 충족시킨다. 한물간 패션의 상징이 된 빨간 내복에는 이렇게 나름대로의 과학적 측면도 있다.

귀신은 어둡고 습하고, 죽음과 음기가 있는 곳을 좋아한다.

빨강은 양기가 왕성한 색으로 태양과 밝음을 상징한다. 불과 피, 남쪽을 뜻하는 양의 색인 빨강을 귀신이 싫어할 수밖에 없다. 부적만 하더라도 용도를 헤아릴 수 없을 만치 많다. 이름하여 수복강녕부귀다남壽福康寧富貴多男, 즉 오래 살고 복되고 건강하고 편안하며 부자가 되고 고귀하고 아들을 많이 낳는 행복한 삶을 기원하고 이러한 인생살이를 방해하는 온갖 잡귀를 멀리할 요량으

로 부적을 활용해 왔다. 치자로 물들인 노란 종이에 붉은 색으로 만든 부적을 몸에 지니거나 방문 앞에 붙여놓으면 감히 귀신들은 침범할 엄두를 내지 못하는 것이 빨강이 가진 주술의 위력이다. 부적은 토착종교인 무속신앙에서 많이 활용하는데 샤머니즘의 성격으로 볼 때 벽사辟邪(요사스런 잡귀를 물리침)의 기능을 한다. 주술적인 성격이 강한 부적은 인간의 근원적인 기복신앙을 보여주는 사례이다.

빨강 물감으로 애용해온 주사朱砂는 부적을 그릴 때 주로 사용하는데, 주사에는 황 성분이 있어 살균이나 해독작용을 하는 과학적인 면도 있다. 부적의 바탕색이 되는 노랑과 그림이나 글씨의 빨강은 서로의 기운을 돕는 관계에 있고, 몸에 적용하면 빨강은 생명력을 발산시키는 색으로 심장을 상징한다. 심장이 강하면 몸과 의지가 강해 삿된 기운을 쉽게 물리칠 수 있다.

색의 세계에도 사람처럼 외향적 성격과 내성적 성격이 있다. 빨강 · 주황 · 노랑과 같이 따뜻한 색은 외향적 성격에 해당하고 파랑 · 초록 · 연두와 같이 차갑게 느껴지는 색은 내성적 성격에 해당한다. 여성이 빨강을 몸에 지니면 시각적으로 활기차게 느껴질 뿐만 아니라 긍정적인 활력소로도 작용한다. 스카프와 같은 빨간 액세서리도 좋고 빨간 수첩 또한 제격이다. 빨강 용품은 그 자체로 포인트 역할을 하고 여성의 연약함까지 보완해 줄 수 있다.

굳이 빨간 내복이나 겉옷에 거부감을 느끼는 여성이라면 세련미 넘치는 최신식 빨간 언더웨어를 입어 볼 것을 권한다. 빨강은 생명력이 넘치는 색이다. 빨강으로 활력을 되찾아보자. 적극적인 여성이 사랑받는 시대이다.

먹, 선비의 멋과 정신이 담긴 색

추사 김정희나 원교 이광사의 글씨를 보면 아름답다는 생각이 들기 이전에 전율이 느껴진다. 기운생동氣運生動, 평사낙안平沙落雁의 경지에 도달하기까지 선비들이 쌓아온 수련 과정을 절감할 수 있기 때문이다.

학생들의 시험 답안지를 채점할 적마다 나는 또 다른 전율을 느낀다. 대학생이 되기까지 적어도 12년 이상을 연습한 사람의 글씨라고는 도무지 믿을 수 없는 글씨가 허다하기 때문이다. 글씨 한 자에 그 사람의 인격과 자기수양의 과정이 들어있다는, 곰팡이 냄새가 풀풀 나는 내 말을 학생들은 듣기 싫어하는 눈치다. 이 첨단 시대에 컴퓨터 서체가 있는데 웬 글씨타령이냐고 반문할지 모르나 아무리 물질문명이 첨단을 간다고 해도 인간은 인간이다. 글씨는 수양이고 학습의 결과이고 인격이다. 하얀 종이 위의 검정 글씨, 그 검정은 컴퓨터 폰트와는 본질이 다르다.

조선시대에는 그림 그리는 일을 생업으로 삼는 사람을 환쟁이라 해서 낮추어 불렀다. 우리 선조들이 그림 그리는 일을 천하게 본 것은 단지 손의 기교에 치우침을 우려하는 마음이라 하겠다. 이런 이유로 우리 선비 그림에는 색이 최대한 절제되어 있고 먹을 색의 주인으로 삼는다. 오로지 화원이라 부르는 전문 화가의 그림에서 색이 화려하게 나타날 뿐이다.

우리의 먹과 서양의 잉크는 그 자체가 검정 물감이지만 이를 대하는 마음부터 다르다. 잉크는 선을 그리거나 글자를 쓰기 위한 도구에 해당하지만 먹은 현묘한 색이라 하여 빛이 없어도 존재하는 우주의 본디 색을 상징한다. 천자문 첫머리에 '하늘은 검고 땅은 누렇다'고 했다. 하늘이 검다는 말은 깊다는 뜻으로, 깊은 바다 또한 검게 보인다.

"먹에는 다섯 가지 색이 있다"는 말처럼 먹은 검정이지만 마음에 따라 풍부한 색을 낼 수 있고 형용할 수 없는 변화를 일으킨다. 먹이 지닌 농담은 우주만물이 지닌 수만 가지 색의 표현과 시시각각으로 변화하는 무상을 붙잡아 두는 철학과 예술이다.

우리 선비들은 먹을 대할 때 단지 검다는 하나의 색으로 보지 않고 붓을 움직이는 사람의 문자향文字香과 서권기書卷氣를 중요하게 여겼다. 그것이 그림이 될 때 문인화요 글씨가 될 때 서예로 승화한다.

검정은 태초의 색이며 모든 빛과 색을 받아들인다. 먹은 그믐밤 기가 펴져나

天啓壬戌春灘隱寫于
月先亭

가기 이전의 원초적인 색이다. 따라서 침묵의 색이며 모든 창조적 출발의 근본이 되는 색이다. 먹선 하나에 혼을 담고 뼈의 기운이 생동하는 갈필에 자신의 학문과 세상을 바라보는 정신을 담았다. 하얀 종이 위에 검정을 칠하는, 어쩌면 지극히 단순한 행위를 몸과 정신의 수련방식으로 삼았다. 글씨는 의미전달뿐만 아니라 형태가 갖는 변화무쌍함 속에 자신이 쌓은 지식과 인격의 고매함을 보여준다. 추사 김정희는 "나는 70 평생에 벼루 10개를 밑창 냈고 붓 일천 자루를 몽당붓으로 만들었다"고 지식과 수련의 치열함을 말하기도 했다.

우리 선비들은 하루 일과를 먹 가는 일로 시작했다. 먹을 가는 것은 일종의 육체와 정신운동이다. 먹물에 배어있는 검정의 깊이와 향기는 선비를 상징한다. 그리하여 검정의 단순함 속에 세상의 복잡한 이치를 담아내는 절제미가 있다. 색을 포기하면 형식이 더욱 돋보인다. 물감의 화려함에 현혹되기 전에 먹의 단순함을 먼저 익혀야 한다.

검정은 신뢰를 주는 색이다. 하얀 종이에 인쇄된 검정 글씨는 다른 어떤 색보다 내용에 무게를 더한다. 서예가나 한국화가가 구사하는 먹빛은 창조의 출발점이다. 검정 먹물은 고매한 정신을 담아내기에 더없이 훌륭한 색이다. 검정 만년필, 검정 구두, 검정 카메라는 한결같이 성능이 우수한 고급품이란 느낌을 준다.

청화백자, 쪽빛 아름다움

우리 도자기는 한국인의 심성을 닮았다. 생활용품인 도자기는 다양한 크기와 모양에서 그 시대 도공의 미적 감각을 엿볼 수 있다. 공예품은 만든 사람의 입장은 물론 사용자의 미감을 함께 반영한다. 우리 도자기는 펑퍼짐한 산을 보는 듯하다. 안정되고 듬직한 자세에서 나오는 자연스러운 생김새는 세상사에 구애받지 않고 살아간 그 시대 사람들의 욕심 없는 마음까지 느끼게 한다.

청화백자青華白磁는 파란 기운이 감도는 백색 바탕에 선연한 쪽빛 그림이나 문양을 넣은 도자기로 조선의 색채의식을 보여주는 대표적인 공예품이다. 중국에서는 14세기 초에, 우리나라는 15세기에 본격적으로 청화백자를 만들었다. 순백의 백자는 사대부의 성리학적 정신세계를 표방하고, 화려한 청화백자는 왕실의 품격을 대변한다. 세조는 왕실 이외에 청화백자의 사용을 금지하기도 했다. 그래서 조선 초기 청화백자는 왕실의 미적 취향을 반영하고 있다. 17세기 후반에는 사대부와 지식층에서도 청화백자를 애용했고 조선후기에 들어서면서 민가에서도 애용하여 생활 속에 폭넓게 파고 들었다.

왕실에서는 그릇을 제작하는 사옹원을 경기도 광주에 두었는데, 그 곳이 분원가마이다. 탁월한 예술성과 품질을 자랑하는 청화백자는 대개 이 분원에서 만든 것으로 주재료가 되는 흙은 멀리 경상도 진주나 강원도 양구지방에서 배로 실어 날랐고 쪽빛 채색재료인 청화는 주로 중국에서 나는 회회청回回靑을 수입하거나 국내산 토청土靑으로 번조하기도 했다.

백색 바탕에 그린 쪽빛 그림을 보고 있노라면 우리 선조들의 순박한 소망을 읽을 수 있다. 조선시대를 살았던 우리 조상들은 유독 흰색과 파랑을 좋아했다. 청백리를 숭상하는 이상적인 인간상, 청화백자의 색에서 선비정신을 본다. 흰색과 파랑은 세속적이지 않고 이상적인 의미를 담고 있어 높은 인격에 이른다는 선비들의 원대한 꿈이 서린 색이다.

우윳빛 백색 바탕에 선명한 파랑이 빛나는 청화

백자는 항아리 · 화병 · 사발 · 연적 · 베갯모와 같이 다양한 용도로 쓰였다. 또한 깊고 청아한 파랑으로 군자를 상징하는 매화 · 난초 · 국화 · 대나무를 그려 넣기를 좋아했다. 고고한 자태와 기품을 자랑하는 학은 장수의 상징으로 곧잘 청화백자에 등장한다. 늘 푸른 기개를 의미하는 소나무, 권위와 대길을 상징하는 용을 해학적으로 표현하기도 했다.

일본이나 중국의 도자기는 오채 · 삼채 · 유리홍과 같은 요란하고 화려한 채색이 흔하지만 우리 선조들은 그런 수다스런 색채보다는 소박하고 곤곤한 청화를 좋아했고, 값비싼 청화를 구하기 힘든 시대에는 철사鐵砂를 이용해 그림과 문양을 그려 넣었다. 조선의 품격이 녹아있는 쪽빛의 청화백자, 백색의 공간에 욕심 없이 그려낸 파랑 붓 자국에서 단정한 선비의 인생을 읽는다.

단청, 인간과 자연을 장엄하게

몇 살 때였는지 정확하게 기억할 수는 없지만, 어릴 적에 엄마 손을 잡고 절에 갔던 적이 있다. 그 섬뜩한 기분은 뭐라 표현하기 어렵다. 어른이 되고나서도 그 묘한 두려움이 머리를 떠나지 않았는데, 곰곰이 생각해보니 단청의 강력한 시각효과가 어린아이 눈에 무섭게 비친 모양이다. 화려한 원색대비로 이루어진 사찰건물은 나이가 들면서 묘한 매력의 세계로 잠겨들게 한다. 처음 대하는 사람은 낯설지만 자주 볼수록 그 사람의 외모가 자연스럽게 느껴지고 어느 순간에는 외모를 의식하지 않게 되는 현상과 비슷하다.

단청丹青은 말 그대로 붉고 푸르다는 뜻이다. 단청은 우리 고유의 색채관인 오방색을 기본색으로 목조건물에 생명을 불어넣는다. 있는 그대로 건축 재료의 색을 드러내는 우리네 전통가옥이 자연색이라면 단청으로 장엄하게 색을 올린 사찰이나 궁궐은 정신색이라 불러도 좋겠다.

단청은 건축물의 주재료인 나무를 비바람이나 벌레로부터 보호하고 갈라짐을 막는 물리적인 목적과 건축물의 위엄을 보여주기 위한 정신적인 목적이 결합되어 있다. 붉은 색이 주조를 이루는 전통 중국건물, 검정과 회색이 주색인 전통 일본건축과는 달리 우리 건축물은 음양오행의 오방색으로 권위와 의미를 강조한다.

몇 해 전, 나는 늦겨울 새벽에 전라남도 강진 백련사 경내의 어둠 속에 서 있었다. 칠흑 같은 어둠 속에서 온 세상은 모든 색을 집어삼킨 검정뿐인데 날이 밝아오자 대웅전의 오색단청이 서서히 살아나는 것을 보았다. 그랬다. 모든 색은 검정에서 살아나왔다. 채도가 높고 명도가 낮은 단청의 오방색은 빛과 함께 호화롭고 맑고 장엄한 불법의 세계를 드러내고 있었다. 그것은 굳이 빨강 · 파랑 · 노랑 따위를 구분하여 바라볼 대상이 아니라 만 가지 색인 동시에 하나의 색이다. 마치 고려불화처럼 몇 가지 색이 서로 장엄을 이루어 하나의 현묘한 색을 만드는 장면과 같았다.

단청은 건물의 용도와 품격에 따라 차이를 둔다. 단청의 기본이 되는 가칠단청은 종묘의 영녕전에서 보듯이 나무의 썩는 성질을 막기 위해 문양을 넣지 않고 단색으로 칠하는 기법이다. 향교나 서원에는 이러한 가칠단청 위에 긴

선을 그려놓는데 이를 긋기단청이라 한다. 흰 목재에 선을 그려 넣어 시각적인 보정효과도 얻을 수 있다. 모로단청은 건축재의 양쪽 끝에 무늬가 들어가고 가운데는 긋기단청을 한 것으로 주로 궁궐이나 관아건물에 적용하였다.

사찰건물에서 건축목재 전체를 갖가지 무늬와 그림으로 꽉 채운 단청을 금단청이라 하는데 화려함의 극치를 보여준다. 현실세계의 궁궐이나 관아는 모로단청으로 마무리하고 인간과 신이 만나는 사찰은 격이 높은 금단청으로 채색한다. 따라서 단청의 기법이나 격에 따라 건축물의 용도와 정신세계가 결정되는 셈이다.

단청에서 가장 많이 사용하는 초록은 뇌록磊綠으로, 초록 암석을 가루로 만든 다음 물에 넣고 저어 앙금을 만든 후 이것을 아교에 개어서 사용한다. 하양은 조개껍질을 빻아서 만들고 검정은 소나무를 태운 그을음으로 만든다. 단청무늬는 대개 물에서 자라는 식물을 소재로 삼는 경우가 많은데, 푸른 기운이 주조색을 이루는 색감과 함께 화재를 예방하고자하는 기원도 담겨 있다.

우리 전통건축의 기본 색조는 상록하단上綠下丹, 즉 위는 초록으로 아래는 빨강으로 채색함을 원칙으로 삼는다. 햇빛이 많이 드는 아래쪽은 빨강으로, 처마의 그림자가 드리워져 어두운 부위인 윗부분은 초록과 파랑으로 채색하여 시각적인 밝기를 높여 전체적인 색채조화를 이룬다. 이것은 초록 저고리에 다홍치마를 입는 복식의 개념과도 일맥상통한다. 단청의 바탕색은 양기가 강한 빨강 · 노랑 · 초록을 주색으로 하고 음기가 강한 하양과 검정으로 테두리를 그리거나 마감을 한다.

단청의 색은 극도의 보색대비로 어지간한 솜씨로는 자연스러운 맛을 내기가 어렵다. 파랑 · 빨강 · 초록 · 노랑의 유채색과 하양, 검정의 무채색으로 건축에 생명을 불어넣는 단청은 어느 나라에서도 보기 힘든 우리만의 독특한 건축 미감이다. 이러한 극단적인 보색대비는 현대의 디자이너도 감히 시도하기 힘든 색상 활용이다. 원색을 과감하게 적용한 우리 선조들의 색채의식은 인간의 삶 속에 신과의 교류를 꾀하는 위대한 장인정신을 느끼게 한다.

옛날 사람들은 어떻게 물감을 만들었을까

수 만 년 전의 동굴벽화나 2천여 년 전의 고구려 벽화의 찬란한 색을 보면 감탄이 절로 나온다. 요즘에는 화학공업이 발달해서 싼값으로 얼마든지 물감을 구할 수 있지만 그 먼 옛날 사람들은 어떻게 물감을 만들었는지 궁금하지 않을 수 없다.

물감은 색을 내는 안료顔料와 접착제 구실을 하는 전색재展色劑를 섞어서 만든다. 색을 내는 물질은 선사시대부터 장신구나 생활용품에 다양하게 사용해왔다. 안료를 쉽게 구할 수 있는 재료는 식물인데, 콩과 같은 씨앗이나 식물의 뿌리, 줄기에서 뽑아 썼다. 식물성 안료는 햇빛에 노출되었을 때 대부분 쉽게 바래는 약점이 있어 동물이나 광물에서 재료를 구하는 경우도 많았다. 이러한 것으로는 흙이나 중금속 광물, 그을음과 숯, 뼈를 태운 탄소화합물도 있다. 신라시대에는 광물질 안료를 서양이나 중국에서 수입해서 사용하였고 일본으로 전파했다는 기록도 있다.

색을 내는 물질은 그 종류가 수없이 많은데 그 물질 자체로는 종이나 벽, 옷감 등에 직접 채색할 수 없어 안료에 접착제를 첨가해서 물감으로 사용한다. 즉 접착제로 기름을 쓰면 유화물감이 되고 아교를 섞으면 동양화 물감이 된다. 우리의 선조가 주로 사용한 물감의 접착제인 아교는 쇠뿔 · 녹각 · 짐승가죽 · 물고기부레 · 계란과 같은 동물에서 추출한 것이 있고 콩즙 · 녹말풀 · 해초 · 옻과 같은 식물성도 있다.

물감의 색을 내는 안료를 살펴보자. 먼저 하양은 고령토나 백악과 같은 흙성분의 광물질이나 조개껍질로 만든다. 동양화에서 사용하는 하양은 대부분 합분蛤粉인데 이것은 무명조개나 수컷 굴 껍질을 약한 불에 구운 후 미세하게 갈아서 만든다.

노랑의 광물성 안료로 대표적인 것이 석황石黃이다. 석황은 주로 중국에서 나는데 우리나라 낙랑 왕우묘에서 출토된 칠기의 노랑채색은 석황을 사용한 것이다. 식물성으로는 동남아시아에서 자라는 해등나무 껍질에 구멍을 내어 흘러내린 즙을 굳힌 등황藤黃과 방충성이 있어 옛 책의 표지에도 사용한 황벽黃蘗, 선명한 색을 자랑하는 한약재 치자를 노랑 안료로 많이 사용하였다.

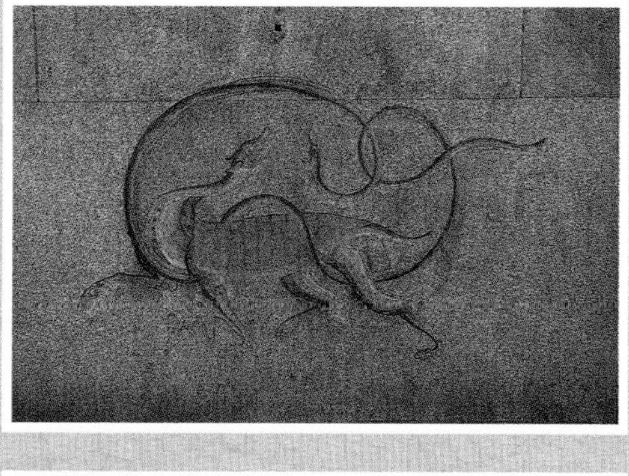

빨강은 광물질인 주사朱砂가 있고 잇꽃이라 부르는 홍화와 풀의 일종인 꼭두서니, 개각충 벌레 유충의 분비물인 자류紫鉚, 선인장에 사는 벌레의 암컷을 말려 만드는 양홍洋紅이 있다. 주사는 진사辰砂라고도 하는데 그림은 물론 칠기나 부적, 도장을 찍는 인주, 약재 등 다양하게 사용해 왔다. 주사에 든 황 성분이 해독이나 살균작용을 하기 때문이다.

갈색은 천연 흙 안료인 대자代赭와 황토가 있고 동물성 안료로 세피아가 있다. 세피아는 오징어 먹물집에 들어있는 갈색 물질이다. 또한 땡감의 즙으로도 갈색물감을 만든다.

초록은 극동지역의 그림에서 일반적으로 사용하는 안료인 석록石綠이 있는데 이것은 밝은 초록을 내는 염기성탄산구리로 초록 안료로는 역사가 가장 오래된 것이다. 또한 고대 중국에서 산화구리 성분으로 만든 최초의 화학 안료인 동록銅綠도 있다.

파랑은 동양의 벽화에서 가장 중요하게 쓰인 석청石青과 군청群青 등 여러 가지가 있고 식물성으로는 쪽[람藍]이 있다. 쪽은 민화에서 자주 사용하였고, 꿩의 목 주위 파랑은 대개 쪽으로 만든 물감으로 그렸다.

검정은 광물질인 흑석지가 있고 약용식물인 통초를 태워 만든 통초회通草灰, 옻칠 등이 있다. 검정을 대표하는 물감은 먹이다. 고구려 왕이 담징을 일본에 파견하여 종이와 먹 만드는 방법을 전하였다고 일본서기에 기록되어 있다. 세계에서 가장 오래된 신라묵新羅墨이 현재 일본의 쇼소인(正倉院)에 보관되어 있다.

금색이나 은색은 금과 은으로 만드는데 황금을 찧어서 만든 금박과 가루를 내어 금분으로 사용했다. 고려불화에 쓰인 금색은 모두 순금이다. 은색은 시간이 지나면 검게 변하는 성질이 있어 물감으로 사용한 경우가 드물다.

물감은 인간의 역사와 함께 해 왔다. 물감은 옛 사람들의 지혜와 소망, 미적 감각을 보여준다. 한국화는 전통 재료로 표현함이 마땅하나 최근 들어 서양 미술 재료를 활용하는 경우도 많다. 옛 물감이 현대의 화학물감에 비해 내구성이 떨어지는 단점이 있을 것이다. 그러나 전통 재료의 지속적인 연구와 활용으로 옛 물감이 여러 분야에서 새로운 미감을 창출할 수 있었으면 하는 바람이 든다.

민중의 색, 민화

노자老子는 말한다. 소국과민小國寡民, 나라는 작고 백성은 적다. 천하를 지배할 만큼 강대국이 아니더라도, 비록 인구가 적은 약소국이라 할지라도 소박하고 편안하게 살아갈 수 없을까? 문명의 발달은 편리를 주었으나 소득격차를 부르고, 부자와 빈자에 관계없이 자연스러운 무위無爲를 마다하고 억지를 부리며 욕심의 화신으로 넘쳐난다.

그리하여 노자는 거듭 말한다. "음식을 달게 여기고 그 옷을 아름답게 여기며, 그 거처를 편안하게 여기고 그 풍속을 즐겁게 여기라"고. 다스리는 자는 '나라는 작게 여기고 백성은 적게 여겨' 사치하지 않고, 수고롭게 하지 않게 해야 한다. 갑옷과 군대가 있어도 진칠 곳이 없는 태평성대는 꿈에 불과한가.

백성은 아프지 않고 배고프지 않고 즐겁게 살아가기를 원한다. 민화民畵는 백성의 기원을 보여주는 그림이다. 민화라는 말을 붙인 일본인 야나기 무네요시는 우리의 '이상한 그림'이나 '재미있는 그림'을 '민중 속에서 태어나고 민중을 위하여 그려지고 민중에 의해 구입되는 그림'이라 하였다. 원시종교와 유불도교의 영향을 받은 민화는 소원충족을 위한 장식본능으로 동물이나 식물, 영묘한 물체에서 상징적 의미와 기호적 성격을 따왔다.

신분이 낮고 손재주 있는 '장이'가 그린 민화는 진채眞彩를 사용한 관능적 색감으로 한국화와 같은 독창적 지위를 차지하지 못하고 장식화로써, 나쁜 기운을 물리치는 벽사화로서 역할이 유지되는 정도였다.

1960년대 이후 우리민화를 널리 알린 김철순은 "민화는 이름 모를 화공들이 집 안팎의 장식과 풍속 때문에 그림을 좋아하던 모든 한국 사람을 위해 그려준 화조 · 산수 · 민속 · 교화의 그림으로 한국인의 내음과 믿음이 가장 솔직하게 드러난 그림"이라 하였다.

민화의 형식적 특징은 단순한 구도와 단순한 형태, 원색을 과감하게 사용하여 밝은 장식효과를 강조한 것에 있다. 정통 한국화에 비해 화려한 색채 표현은 무속신앙과 오행사상에 맥이 닿아있다. 우리의 사대부들은 자기의 욕심과 바라는 바를 대놓고 표현하지 않는 것을 군자의 미덕으로 보았다. 이러한 민화의 솔직함과 신바람과 익살스러움은 바로 민중의 마음인 셈이다. 그래서 민화는 현세복락現世福樂의 성격을 강하게 지니고 있다. 조선의 선비나 사대부로부터 천시당한 민화는 예술적 평판에 관심을 두지 않고 다만 인습적 주제

에 만족하고 기하학적 양식과 단순한 추상에 머무르면서 한국인의 생활과 신앙을 표현해왔다.

악귀를 쫓는 벽사용僻事用 그림인 까치호랑이는 풍자와 해학이 넘친다. 같은 소재를 두고 그린 사람 저마다 독특한 색채로 분위기를 한껏 강조한 까치호랑이는 산 · 소나무 · 돌 · 호랑이 · 까치 · 숫닭과 같은 상징적 물체를 화면 안에 구성하지만 이 모두는 영혼을 가진 형상으로 물체와 정신을 숭배하는 사상을 담고 있다.

장수를 바라는 십장생도, 그림 문자의 일종인 효제도, 글을 숭상하는 사상에서 비롯된 책거리 그림들은 한결같이 화려한 색채로 나타난다. 밝은 색상과 원색의 화려함은 민중들의 애절한 소망을 간접적인 방식으로 상징하고 있다. 민화에 등장하는 소재는 시각언어의 역할을 하였고, 이러한 형태와 색깔은 다분히 기복적祈福的 성격을 갖는다. 우리 민화는 어느 나라 미술에서도 그 유래를 찾아보기 힘든 신비스러운 아름다움을 가졌다. 이 민중의 아름다움은 현대미술에 이어져 민족적 도상기호로 발전되면서 옛 정신이 면면이 이어져 오고 있다.

도장, 그 빨간 조형미

청나라시대 옥새를 제작하던 집안의 후손으로 중국의 유명 서예가이자 인장가 장웨이밍莊維明가 노무현 대통령의 중국 방문 때 한국의 융성과 한국인의 부강을 기원하는 글과 함께 도장을 선물했다고 한다. 대통령의 도장은 남성과 양을 상징하는 양각으로, 부인 권양숙 여사의 도장은 여성과 음을 상징하는 음각으로 새겼다. 이 도장은 황금만큼 귀하다는 중국 푸첸성의 수산석에 중국 한대漢代의 전각 기법을 이용하여 대통령 부부의 이름을 새긴 것이다.

가장 오래된 예술이면서 동양 특유의 문물인 도장은 갖가지 말로 불린다. 일상생활에서는 도장 혹은 인장이라 부르는데 돌이나 옥과 같은 재료에 글자를 전서로 새긴다하여 전각이라 일컫기도 한다. 글씨나 그림에 찍는 도장을 낙

관이라 하는데, 도장 그 자체를 부르는 말이 아니고 양각으로 새긴 관款이나 음각으로 새긴 지識를 찍음으로써 작품을 마무리한다는 뜻에서 '낙성관지落成款識'를 줄여 낙관이라 했다.

고대에 영토의 관할과 통치자의 표시를 나타내기 위한 인장은 계급이나 신분에 따라 달리 불려졌다. 인印·장章·보寶·도서圖書, 옥으로 만들어 왕권을 나타내는 옥새玉璽, 국가를 상징하는 도장인 국새國璽도 있다. 관리에 임명되면 신분을 증명하는 도장에 긴 끈을 달아 주었는데, 이 끈의 색깔로 신분을 나타내었다.

도장의 글자는 갑골 문자에서 발전한 상형 문자를 근간으로 한다. 갑골 문자는 선사시대의 암각화에서 보듯 원초적인 생명력이 살아 있어 태초에 인간이 만들어낸 조형의 신비가 느껴진다. 돌이나 나무와 같은 물체에 무언가를 새기는 행위는 인간의 원초적인 행동이면서 의사표현의 수단이자 삶의 흔적을 남기는 일이다. 그래서 요즘에도 유적지의 바위나 심지어 문화재의 벽에도 자기 이름을 새겨놓은 것을 볼 수 있다.

우리나라와 중국, 일본에서는 먼 옛날부터 도장을 사용해왔다. 중국의 경우, 2천여 년 전 종이가 발명되기 이전에 나무에 기록한 서간書簡을 봉하는 데 진흙을 사용하여 거기에 도장을 눌러 봉하는 봉니封泥가 각처에서 출토되고 있다. 우리나라의 경우 신라시대에 국왕이 바뀔 때 국새를 손수 전한다는 삼국사기의 기록이 있어 그 이전부터 사용되었을 것으로 추측된다.

서화書畵의 꽃이라 불리는 도장은 그림이나 글씨에서 더 빛을 발한다. 추사 김정희는 무려 180개의 도장을 사용했다. 금석학과 불교철학, 그림과 글씨에서 당대 세계 최고의 경지에 올랐던 추사는 전각에도 식견과 안목이 대단해서 인장 분야의 탁월한 제자를 길러내기도 했다. 추사의 난초 그림은 거의 입신의 경지로 평가받는데, 극단적 파격으로 추구된 그의 대표작 불이선란에는 많은 화제가 있어 더욱 유명하고 낙관 또한 그에 못지않게 많아 명작의 분위기를 우아하게 드러낸다. 이 작품에 찍힌 다섯 개는 추사가 직접 찍은 것이고, 오른쪽 아래 찍힌 아홉 개와 왼쪽 위쪽의 호리병 도장은 이 그림을 소장했던 사람의 소장인이나 감식가들의 감상인鑑賞印이다. 그래서 추사의 그림과 글씨는 우아하면서도 지성미 넘치는 예술정신에 빨간 도장이 더해져 보는 이의 넋을 홀리게 하는 위력이 있다.

나는 짬나는 대로 어설프긴 하지만 야멸찬 돌에 도장을 새겨 주위사람에게 선물하곤 한다. 종이에 찍히는 빨간 도장의 조형미는 그 좁은 공간에서 또 다른 형식의 아름다움을 선사한다. 서양식 문물에 젖어 사인이 일반화되어 가는 이 시대에도 돌을 다듬는 즐거움과 그 빨간 조형미는 오래 지속될 것이다. 도장은 작은 조각품이면서 현대 판화의 예술성 못지않은 단색의 평면 조형을 살려내는 예술이다.

우리 살림집의 색

단청으로 단장한 건축물은 귀족문화의 색이고 살림집의 색은 평민문화의 색이다. 살림집의 색은 어느 나라든 그 지역의 전통적인 지역색을 보여준다. 과거로 올라 갈수록 자연을 이용하는 경향이 강해 지역 특색이 드러난다. 우리 살림집의 색깔은 인간미와 자연미가 넘친다.

장자莊子는 이렇게 말한다.

"천하를 자연에 맡겨 둔다는 말은 들었어도 천하를 다스려야 한다는 말은 들어보지 못했다. 있는 그대로 두는 것은 천하 사람들이 그 본성을 어지럽힐까봐 두려워서이며, 너그럽게 하는 것은 타고난 덕이 변질될까 걱정해서이다. 그리하여 천하 사람들이 자기의 본성을 지키고 더욱 그대로 지닐 수 있다면 구태여 천하를 다스릴 필요가 없을 것이다."

우리 살림집은 자연을 다스리지 않고 자연의 본성 속에 둔다. 자연을 이기려

하지 않고 풍수風水에 맡긴다. 풍수지리의 기본이 되는 살림집의 터는 배산임수背山臨水, 즉 뒤에 산이 있고, 앞쪽으로 물이 흐르는 곳이다. 뒷산은 겨울의 찬바람을 막아주고 동네 앞의 개울물은 곡식을 풍요롭게 한다. 그래서 우리 살림집은 양지 바른 곳에 들어앉았다. 주변의 경관을 소유하지 않고 살고 있는 동안 빌려 쓴다는 차경사상借景思想은 장자의 말처럼 결코 천하를 다스리겠다는 욕심이 없이 모든 것을 자연에 맡기는 마음씨에서 나왔다. 울타리를 둘렀다고 해서 남과 구분하려는 이타심이 아니라 함부로 짐승이 뛰어들지 말라는 정도가 우리네 살림집이다.

순박한 정신은 그 살림집에서 살아가는 사람들의 얼굴색과 함께 자연에 길들여져 있다. 그래서 사람들은 자연의 일부가 된다. 곡식을 일구어 먹기 위한 논밭과 황토 흙, 그 흙으로 담을 쌓고 그 흙을 구워 기와를 만들거나 그릇을 만든다. 그것들이 제 역할을 다하면 다시 흙으로 돌아간다.

우리네 살림집은 곰삭은 색이다. 곰삭은 우리의 음식처럼 기둥과 서까래의 굽은 소나무 색깔과 흙담, 짚 풀로 엮어 만든 생활도구가 기교를 감춘 조형미가 된다. 자연의 질서와 조화는 그 지역의 환경과 밀접한 조화를 맺는다. 그 지역의 하늘과 땅, 물과 빛, 사람의 피부색은 무의식적 습관으로 정착되어 살림집의 색이 된다.

살림집의 색채조화가 이루어지는 기본은 화강석이 퇴화된 마당의 백토색과 기단의 돌, 기둥의 나무, 기와지붕과 초가지붕의 색이다. 이런 한옥의 색깔은 집 곁에 서있는 나무나 텃밭의 색깔과 하늘이 한껏 어우러진다.

우리 살림집의 색에서 옹기도 한몫을 한다. 옹기는 한국의 집과 자연 어디에 두어도 환경과 썩 잘 어울리는 아름다움을 지녔다. 잿물이 장작불에 익어 짙은 갈색의 친숙한 색깔로 단장한 옹기는 황토 담장 아래 서러울 것도 즐거울 것도 없이 우리네 모습으로 놓인다. 여름 한철 뙤약볕에 그을린 촌부의 얼굴처럼.

옹기의 색깔은 날씨에 따라, 연륜에 따라 나름대로 편안한 느낌을 준다. 마음을 푸근하게 해주는 옹기의 색깔은 우리의 풍토색과 조용히 어울리는 배색의 맛이 있다. 장독대가 자리한 살림집은 자연친화적 색깔이 있는 곳이다.

색의 인문학

〈마케팅〉

소주병은 왜 초록색으로 디자인 하는가

외국여행을 나가보면 우리나라 사람들이 얼마나 소주를 좋아하는지 실감한다. 팩 소주를 몇 개쯤 챙겨 가는 것은 예삿일이고, 현지에서 그 비싼 우리 소주를 못 구해서 안달이다. 마치 소주에 중독된 사람들처럼 불안해하는 사람들을 곧잘 보게 된다. 모르긴 해도 세계제일의 소주 소비 국가는 분명 한국일 것이다. 여러 통계에서 보듯이 국민주는 소주이고, 소주 한 잔에 서민의 애환을 달래는 건 이미 우리네 풍속으로 자리 잡았다. 술로 인한 부작용은 그렇다 치더라도.

소주병과 라벨은 초록을 고집한다. 소주병은 오래전 투명한 병에서부터 하늘색 병으로 판매했다. 한때 프리미엄 소주라 해서 '김삿갓'과 같은 소주를 진한 갈색 병에 진회색 라벨로 시판한 적이 있긴 하지만 반짝 유행에 그치고 말았다. 역시 소주의 색은 초록이다.

소주병 라벨에 희석식 소주稀釋式 燒酎라고 적혀 있다. 조선시대 후기까지 소주燒酒였다가 일제강점기에 소주燒酎가 됐다. 일본식 조어인 소주燒酎의 주酎는 세 번 빚어 알코올 농도가 높다는 뜻이다.

원래 소주는 불로 끓여서 증류한 만든 술이다. 우리 조상들은 소줏고리에 발효주를 증류하여 내리는 술이라 하여 노주露酒, 땀처럼 뚝뚝 떨어진다고 한주汗酒, 불을 때니 화주火酒, 색깔이 없으니 백주白酒라고도 불렀다.

향수나 약재를 얻기 위한 방법으로 사용된 증류의 역사는 4천년이 넘는다. 8~9세기 경 중동 지역에서 알코올을 얻기 위한 방편으로 증류 기술을 사용하기 시작했다. 이런 기술이 십자군 원정을 통해 유럽으로 전파된 것이 브랜디와 위스키이다.

우리나라에는 13세기 무렵 몽골군을 통해서 소주가 들어온 것으로 알려져 있다. 고려 말에 전래된 소주는 일제강점기 초반기까지 증류식 제조법의 전통소주였다. 평양에 기계식 소주공장이 1919년 가동되고, 1952년부터 값싼

한라산
olle
참이슬
클래식
소주 본연의
깊고 진한 맛
360mL
100%
처음처럼
순한 쿨
16.8도
Since 1950

당밀을 수입해 만들었다. 1965년 정부의 식량 정책으로 나온 양곡관리법이 시행되면서 우리 고유의 맛과 향기를 즐길 수 있었던 증류식 순곡주가 주정을 희석한 희석식 소주로 바뀌었다. 희석식 소주는 순도 95%의 에틸알코올인 주정酒精에 물과 감미료를 넣어서 만든다.

소주병은 1990년대 초반까지 모두 투명한 병, 혹은 연한 하늘색이었다. 초록색 소주병은 1994년 두산주류가 강원도 연고지인 경월소주를 인수하면서 '그린소주' 브랜드를 출시했다. 강원도 청정 이미지를 초록으로 디자인하여 소비자의 마음을 사로잡았다. 이를 계기로 투명한 소주병이나 하늘색 소주병은 서서히 자취를 감추었다. 그린소주가 공전의 히트를 날리자 다른 주류업체들도 초록병에 소주를 담아 팔기 시작했고 마침내 소주병 색깔은 초록으로 자리 잡았다. 애주가들의 사랑을 받는 '참이슬'이나 '처음처럼'도 그렇고 나머지 경쟁제품들도 초록으로 일관한다.

소비자 취향에 맞추어 빨강 · 파랑 · 노랑 · 갈색 따위로 여러 가지 색깔의 소주병을 시장에 내놓을 수도 있겠지만 2009년 기준 국내에서 32억 병 이상 팔리는 소주병은 기업의 입장에서는 물론 국가적 차원에서도 큰 자원이다. 소주병의 색깔이나 형태를 바꾸었다가 만약 소비자의 반응이 나빠 다시 용기를 바꾼다면 기업의 부담은 말할 수 없이 크다. 소주병은 대부분 빈 병을 회수해서 재사용하기 때문에 싫든 좋든 같은 모양, 같은 색깔로 만드는 것이 경제적이다.

소주의 색채 마케팅 요소는 초록 소주병이 확정되어 있으므로 두 가지가 핵심인데, 하나는 제품의 이름이고 나머지 하나는 라벨 디자인이다. 소비자는 소주를 선택할 때 자동차를 고르는 것처럼 오래 고민하지 않지만 브랜드 충성도가 높은 제품이다.

초록 병과 라벨은 소주를 상징하는 색이다. 아마 확연히 다른 제조법이나 다른 맛을 가진 소주가 아닌 이상 소주는 초록 병으로 계속 소비자와 만날 것이다. 몸을 걱정하는 애주가들을 신선한 초록이 달래주니까. "한번은 맛을 위해, 두 번은 깨끗한 오늘을 위해, 세 번은 깨끗한 아침을 위해...... 소주가 제일이다."라고 소주 광고는 술꾼을 유혹한다. 깨끗해 보이는 술병과 라벨디자인이 소비자를 안심시킨다. 소주의 초록만 믿고 마냥 퍼마실 리야 없겠지만, 그래도 초록은 소주를 한 잔 더 마시게 만드는 색이다.

한편, 맥주병이 갈색인 이유는 주원료인 홉이 햇빛을 받으면 맥주 맛이 변질되고 때로는 고약한 냄새가 나기 때문이다. 마찬가지로 와인이나 비타민제, 강장제와 같이 직사광선으로 인해 변질이 염려되는 경우에도 갈색 병에 담는다. 소주나 보드카, 위스키와 같이 알코올 함량이 높은 술은 햇빛에 의한 변질 우려가 없기 때문에 브랜드 이미지가 병 색깔을 결정한다. 결국 술병의 색깔은 소비자의 구매행동을 유도하는 마케팅의 결과물인 셈이다.

아이덴티티를 위한 색채

사람들은 누구나 특색特色을 가지고 있다. 키가 크다거나 잘 생겼다는 외적 특색이나 조신하다거나 아이디어가 기발하다는 식의 내적 특색도 있기 마련이다. 교육학자들의 연구에 따르면, 인간은 자신의 기질과 두뇌를 부모로부터 절반 이상 물려받고 나머지 절반쯤은 후천적인 노력과 환경에 의해 결정된다고 한다.

인간은 누구든 스스로의 우월한 특색을 내보이고 싶은 본능이 있다. 자기표현은 현대를 살아가는 지혜이기도 하다. 어쩌면 이것은 생존본능에 가깝다. 이처럼 고유의 특색을 정체성正體性이라 하는데, 디자인 분야에서는 아이덴티티identity라 부른다.

나는 학생들에게 명료한 아이덴티티를 요구한다. 삶의 목표에 따라 자신의 장점을 극대화하고 브랜드를 선명하게 드러내는 것은 활기차고 능동적인 삶

을 영위하는 기본이기 때문이다. 그렇다고 일등을 해야 한다는 성공 지상주의는 결코 아니다.

아이덴티티는 '내가 보는 나'와 '남이 보는 나'로 구분하여 생각할 수 있다. 그 누구든 자신을 좋은 색깔로 봐주기를 원한다. 남들이 '나'를 과대평가할 수도 있고, 혹은 과소평가할 수도 있다. 과대평가를 받을 때도 문제가 생기지만 과소평가를 받는다면 치열한 경쟁사회에서 여러 문제가 발생한다. 가장 좋은 경우는 있는 그대로 봐주는 것이지만, 그것은 기대하기 어렵다. 자신도 스스로를 제대로 보기 어려우니까.

기업도 마찬가지다. 현대 마케팅은 이미지를 판다고 할 정도로 그 기업이 가진 특색을 중요하게 생각한다. 예를 들면, S사는 서비스가 좋고 L사는 품질이 우수하다는 식으로 소비자들은 나름대로 기업에 대한 특색을 판단한다. 개인의 경우처럼 좋은 쪽으로, 아니면 있는 그대로 봐준다면 크게 문제될 것이 없으나 실제보다 나쁜 인상을 받고 있다면 그 기업은 존립에 큰 타격을 받는다. 그래서 기업은 소비자에게 좋은 인상을 받기 위해 노력한다. 기업의 아이덴티티는 마케팅의 바탕이 된다. 따라서 개인의 정체성을 돋보이게 하는 PI(Personal Identity)처럼 기업은 경쟁 기업보다 우수한 특색을 보여주기 위한 CI(Corporate Identity)를 필요로 한다. 심벌마크와 같은 기업의 색은 장식품이 아니라 색채심리와 상징을 버무린 고도의 마케팅 전략이면서 비즈니스 도구이다.

'남들이 보는 나'를 명확하게 인식시키기 위한 CI는 기업 이미지를 시각적으로 체계화시켜 소비자에게 어필한다. CI에는 경영이념이나 구성원의 자세, 비즈니스의 방향과 같이 보이지 않는 요소를 기반으로 그 기업의 특색을 색으로 표현한다. 소비자의 눈에 보이는 심벌과 브랜드의 상징물에 나타난 색깔이 바로 그 기업의 특색이다. 기존의 상징물로서 심벌컬러에서 최근에는 다양한 표현기법으로 감성과 이미지를 전달하는 경향으로 확대되고 있다.

기업 아이덴티티는 그 기업의 특색을 긍정적으로 이끌어낼 수 있는 전략의 측면에서 소비자에게 인상을 각인시킨다. 자본주의 역사가 앞선 서구에서는 약 100년 전부터 본격적으로 기업과 브랜드 아이덴티티를 도입했다. 우리나라는 1970년대 무렵 일본의 영향을 받아 대기업을 필두로 해서 이제는 어지간한 중소기업에 이르기까지 많은 예산을 들여 아이덴티티 디자인을 도입하고 있다.

CI는 기업의 특성을 함축하는 심벌마크를 비롯하여 광고나 브랜드 아이덴티티에 이르기까지 유기적으로 적용하여 비즈니스맨 역할을 해낸다. 2000년 초반까지만 해도 우리나라는 일본과 같이 심벌에 단색을 적용하는 방식으로 활용하다가 그 이후부터 색깔에서 나타나는 이미지 형성에 더 많은 비중을 두는 추세로 바뀌어 왔다. 기업이 워낙 많다보니 그 많은 심벌을 일일이 기억하기 어려우므로 SK주유소는 빨강, 현대주유소는 파랑과 같이 색깔로서 차별화를 노린다. 이제는 기업뿐만 아니라 지방자치단체나 대학까지 고유한 색깔을 들고 나온다. 이제 지방자치단체까지 브랜드 아이덴티티로 승부를 건다.

아이덴티티의 본질은 품질이다. 자기 실력을 과대포장하면 허풍쟁이가 되는 것처럼 기업 역시 뛰어난 제품과 서비스 없이 겉으로 번듯한 CI를 보여준다고 해서 성장을 담보할 수 없다. 사람이든 기업이든 실력과 양심에 걸맞은 아이덴티티라야 신뢰를 얻을 수 있다. 장점을 극대화하는 아이덴티티, 그렇다면 남과 다른 당신의 색깔은 무엇인가?

교실과 복도의 색

학교는 집단생활 공간이다. 청소년은 심리적으로 불안한 감정을 갖기 쉽다. 더구나 도시 청소년은 자연을 접하기 어렵고 핵가족으로 인한 가정의 압박과 성적에 대한 부담감도 심하게 느낀다. 학교 내에서의 집단생활은 중압감을 주고 감정 또한 통제하기 어렵기 때문에 정신적인 안정을 배려하는 색채가 절실하게 필요하다.

우리나라 대부분의 학교에서 복도나 교실의 색을 베이지색이라 부르는 연한 노랑으로 칠한다. 노랑은 화사함과 밝음, 명랑한 분위기를 지니고 있다. 노랑은 편견이 없고 도량이 넓고 영감을 자극하는데, 긍정적으로 작용할 경우 지식과 지혜가 동반된다. 그러나 노랑계열의 색이 집단 활동의 공간에 사용하면 생리적 변화를 크게 가져올 우려가 있다. 인간은 본능적으로 노랑에 대한 경계심을 유전적으로 물려받았다. 학교와 같이 스트레스를 받기 쉬운 상황에서 노랑은 순간적인 감정을 유발하여 싸움을 준비하게 만든다. 노랑으로 벽이 칠해진 유치원에서는 아이들이 더 많이 운다는 보고도 있다. 실내의 색이 단조로우면 따분해지고, 단체생활의 흥미를 잃기 쉽다.

학생들이 주로 움직이는 복도의 색으로 분홍이 좋다. 분홍은 사랑과 양분을 제공하는 성질이 있다. 진한 자주색부터 연한 살구색으로 이어지는 분홍계열의 색은 따뜻함과 애정을 발산하기 때문에 복도에 들어서는 학생들의 기분을 포근하게 감싸준다. 분홍을 감옥에 사용하면 수용자들의 공격적인 행동을 부드럽게 만들어주고 침착성을 높이는데 효과가 있다.

학생을 교도소의 범죄자와 비교해서 고약하긴 하지만, 미국의 생태사회학자 알렉산더 샤우스는 교도소 수감자들을 위해 최초로 이런 제안을 했다. "분홍색 환경 속에 있는 사람은 공격적이 되거나 화를 내려고 해도 할 수 없다. 심장 근육이 그 정도로 빠르게 움직이질 못하기 때문이다. 분홍은 에너지를 서서히 약화시키는 듯한, 진정작용을 하는 색이다. 색맹인 사람일지라도 분홍색 방 안에서는 진정되게 마련이다."

밝은 분홍계열을 바탕색으로 칠하고 문틀과 같이 작은 공간에 진한 자주색이나 진한 나무색으로 강조하면 전체가 잘 조화된다. 바탕색이 되는 분홍은 자칫하면 가볍게 느껴지거나 지루하게 보일 우려가 있기 때문에 벽의 상단은 밝은 색으로 하단은 진한 색으로 나누어 적용하면 문제점을 제대로 보완할 수 있다.

교실의 넓은 공간을 차지하는 뒤 벽면은 연한 파랑의 파스텔 색조가 좋다. 파랑은 차분하고 스트레스를 줄이는 특징이 있다. 교실과 같이 생각을 많이 하는 공간에 효과적이다. 연한 파랑을 교실의 한 벽면에 칠하면 공간을 확장시켜 확 트인 느낌을 준다. 이 경우 어두운 파랑이 되지 않도록 유의한다.

교실의 색으로 보라도 좋다. 보라는 명상과 자기성찰을 자극하는 성질이 있다. 교실의 뒤 벽면에 연보라를 사용하면 학생들이 존중과 자기위엄에 대한 감각을 찾는데 도움이 된다. 밝고 강렬한 보라는 정신적 압박감을 유발할 수 있고 현실도피나 방종을 자극할 우려가 있으므로 반드시 밝은 보라를 한쪽 벽면에만 적용해야 한다.

필자가 근무하는 대학 강의실의 색을 5가지 파스텔 색조로 적용했다. 각 강의실을 구분하는 효과는 물론 학생들의 정서적 측면도 고려한 색채 적용이다.

집안의 색조와 배색

도시에서 생활하는 현대인들은 인생의 대부분을 실내에서 보낸다. 그러나 실내에 장식된 색이 우리들에게 무슨 영향을 주는지 별 생각 없이 살아간다. 특히 집은 휴식의 공간이면서도 적극적인 삶을 영위하는 곳임에도 불구하고 벽이나 천장, 바닥의 색을 별 염두에 두지 않고 가구를 바꾸거나 위치를 옮겨볼 작정을 한다.

주택의 실내공간은 그 곳에 살아가는 사람의 성격과 맞아야 한다. 대부분의 사람들은 밝게 보이거나 넓게 보이고, 조용하게 보이기 위해서 별 특징 없는 색조의 공간 속에 둘러싸여 살고 있다. 훌륭한 인테리어의 색을 연출하기 위해서는 무엇보다 색다른 것에 대한 두려움과 남을 의식하는 마음부터 없애야 한다. 집은 남들을 보여주기 위한 공간이 아니라 가족들이 살아가는 현장임을 염두에 두자. 먼저 자신에게 맞는 색이 무엇인지, 좋아하고 싫어하는 색이 무엇인지를 파악해야 한다. 집안의 색에 관심을 두고 과감하게 색을 바꾸어 보면 기분이 얼마나 유쾌해지는지를 실감하게 될 것이다.

벽지와 천장 그리고 바닥의 색이 얼마나 무미건조한지, 아니면 갇힌 느낌이 드는 것은 아닌지, 너무 요란하고 혼란스러워 쉬고 싶을 때 자꾸 신경이 거슬리지나 않은지 살펴보자. 잘못 선택한 집안의 색에 오랫동안 생활하다보면 심리적으로나 생리적으로 불균형을 일으킬 수 있을 뿐 아니라 스트레스가 악화될 수도 있다.

실내의 색을 바꿀 때 고려해야할 사항은 방이나 거실의 상황과 가족들의 성향에 맞는 색에 초점을 맞추는 일이다. 그 장소에서 주로 하는 일, 외부로부터 들어오는 빛의 량, 의도하는 분위기, 천장의 높이, 공간의 형태와 같은 것들을 고려한다.

인테리어의 색을 결정할 때 주안점을 둘 요소는 좁은 면적 보다 넓은 면적에서 색이 강하게 보인다는 사실이다. 거실과 같이 넓은 공간의 색은 실제 원하는 것보다 밝은 색을 골라야 한다.

집안의 색조는 남을 의식하지 말고 가족의 취향에 맞추어야한다. 그래서 가장 즐거움을 주는 색, 가장 편안하게 해주는 색이 자신만의 색이라 하겠다. 첫 번째 요소인 즐겁게 해주는 색은 직관적으로 끌리는 색이다. 두 번째 포인트는 진정시키는 효과를 주는 색으로 감성과 정신에 치료 작용을 하는 색이다. 그래서 거실에는 즐거움을 주는 색이 좋고 방은 편안하게 해주는 색이 좋다.

빨강은 차분하고 무기력한 사람들에게 자극을 주기 때문에 운동과 활동력을 배가시켜 주지만 강렬한 성질 때문에 대부분의 사람들은 답답함이나 중압감을 느낀다.

검정은 모든 가능성과 영감을 줄 수 있는 색이지만 부정적인 영향이 강하므로 다른 색을 강조하기 위한 배경이나 작은 물건에만 사용해야 한다. 또한 회색은 회피의 성향이 강해 지나치게 많이 사용하면 에너지가 고갈된다. 회색은 개성을 없애기 때문에 반드시 유채색과 섞어서 사용하는 것이 좋다. 온통 하양인 공간은 검정 공간만큼이나 공포를 느끼게 하므로 다른 색을 보완하여 보다 즐거운 분위기를 만드는 것이 좋다.

집안의 색조는 균형 잡힌 식사가 건강에 좋듯이 골고루 사용하는 것이 좋다. 한 두 가지 색을 집중적으로 사용하면 신체와 정신에 불균형을 초래한다. 자

연스러운 색조는 집에 긍정적인 에너지를 가져온다. 집안의 색조를 가장 잘 해결할 수 있는 방법은 서로 연관되는 색을 사용하는 것이 핵심이고 보색은 부분적으로 사용해야한다.

집안을 장식할 때는 따뜻한 색과 차가운 색의 균형을 이루게 해야 한다. 주색이 파랑이나 초록 계통이라면 보조색으로 갈색이나 밝은 주황을 도입하는 것을 잊지 말아야 한다. 균형을 갖는 색이 어떤 것인지 확신이 들지 않을 때는 보색이 늘 좋은 대안이 된다. 많은 사람들은 색채 에너지가 불균형인 방에서 사는 경우가 많다. 그럴 경우 방이 너무 덥거나 춥고 혹은 장식이나 가구가 가진 효과도 지나쳐서 건강에 나쁘다. 이럴 때 보색을 도입하면 인테리어를 다시 하는 일없이 쉽게 조화를 이룰 수 있다.

강력한 원색은 방의 크기를 작게 보이게 하므로, 이런 색은 작은 물건을 이

용해 강조 색으로 사용하는 것이 낫다. 활동이 필요한 방에는 따뜻한 색을 선택한다. 빨강과 주황, 노랑같이 매력적인 색은 신체에 자극을 주고 생기를 준다. 거실 · 식당 · 놀이방 · 작업실 · 현관과 계단은 모두 힘을 주는 성질을 가진 따뜻한 색이 적합한 곳이다.

조용하고 평화스러운 분위기를 가진 방을 원한다면 시원한 색이나 파스텔 색조를 선택한다. 한사람이 사용하는 방에는 그 사람의 내면이 요구하는 색을 선택하는 것이 좋다. 침실이나 서재는 색이 가진 치료효과를 고려한다면 기능에 맞는 분위기를 만들어낼 수 있을 것이다.

삶에서 중요한 변화를 겪고 있을 때에는 거실을 중성색으로 꾸미는 것이 좋다. 그래야 변화가 진행되는 필요에 따라 가구나 조명, 장식물의 색을 적용하기 쉽기 때문이다. 그림이나 양탄자의 색을 이용하는 것도 좋은 방법이다. 일

이 계획보다 쉽게 잘 풀리면 파랑계통으로 감정을 진정시키고, 잘 풀리지 않으면 따뜻한 계통의 색으로 기분을 전환하거나 에너지를 받을 수 있다.

하나의 방에 여러 가지 무늬가 무질서하게 놓여있다면 눈이 혼란스럽고 마음 또한 어지러워진다. 크고 색상이 강한 무늬는 잠시 스쳐가는 상업공간에서는 시선을 끌지 모르나 휴식을 취하는 침실이라면 마음이 불편할 것은 자명하다. 인테리어에서 무늬는 형태와 함께 반드시 색이 조화를 이루어야 한다. 색깔이 있는 무늬는 그 자체로 독특한 느낌을 준다. 수평으로 열린 무늬는 넓고 관대한 느낌을 주고 수직 무늬는 강한 인상을 준다. 둥글고 자연스러운 곡선은 정서적인 편안함을 주는 반면 기하학적 모양은 운동과 자극을 준다.

무늬가 크고 색이 강한 디자인은 현관이나 계단과 같이 사람들이 오래 머물지 않는 곳에 적용해야한다. 단조로운 방에 생기를 불어넣을 목적으로 굳이 뚜렷한 무늬를 사용하고 싶으면 2단의 벽지가 맞닿는 부분에 좁게 사용하거나 벽과 천장이 맞닿는 부위에 띠 벽지로 사용하는 것이 좋다. 말하자면 강렬한 무늬와 색은 약간만 쓰는 것이 유리하다.

천장은 벽보다 반드시 밝은 색이라야 한다. 만약 천장의 색이 어두운 색이면 눌리는 느낌이 들어 불안해진다. 무늬 또한 거의 눈에 들어오지 않는 은은한 색이라야 안정감을 준다. 밝은 천장은 조명의 효율을 높이고 시원한 효과가 있다. 아이들의 방 천장에 연한 파랑을 적용하면 하늘을 보고 누운 듯한 느낌을 주어 정서 함양에 도움이 된다.

바닥은 땅을 대신해서 걸어 다니는 곳이기 때문에 땅과 연관된 색이 최적이다. 연한 색이나 파랑 계통의 색은 땅에서 멀어져 공중에서 걷고 있는 느낌을 주므로 피하는 것이 좋다. 자연 상태에서 완벽한 직선은 존재하지 않는다. 인간은 자연의 일부이므로 주택 인테리어의 색이나 무늬는 부드러운 곡선과 자연색에 가까울수록 좋다. 자연 친화적인 무늬와 색은 긴장을 풀어주고 영감을 주는 환경을 만들어준다.

색으로 승부를 거는 광고

어느 학자가 말하기를 현대의 공기는 산소와 수소, 그리고 광고로 이루어져 있다고 했다. 우리는 싫든 좋든 생활 속에서 광고를 접하지 않고는 살아갈 수 없다. 텔레비전 · 라디오 · 인터넷과 같은 영상매체는 물론 지하철과 같은 교통수단과 심지어 전봇대에도 광고가 붙어있다.

광고는 유혹이다. 소비자의 마음을 교묘하게 이끌어 자기 물건을 사게 만든다. 수많은 기업들이 수많은 제품을 쏟아내고 있다. 팔지 못하는 기업은 당연히 망하기 마련이다. 제품을 팔게 만드는 마케팅 도구인 광고는 대놓고 물건을 사라고 덤비지 않는다. 눈치 빠른 소비자는 금세 알아차리겠지만 광고는 물건 이전에 이미지를 판다.

CHARMZONE
참존화장품의 새로운 C.I.를 소개합니다.
DeAGE Cell-care System
"도시에서도 나만의 피부 세상은 늘 싱그럽습니다."
참존 디에이지
바르는 레드 와인, 참존 디에이지 - 자극받는 여자의 피부를 든든하게 지켜 줍니다.
CHARMZONE
http://www.charmzone.co.kr
참존

서울우유
딸기는 네모다!
딸기우유
서울우유
바나나는 세모다!
바나나과즙

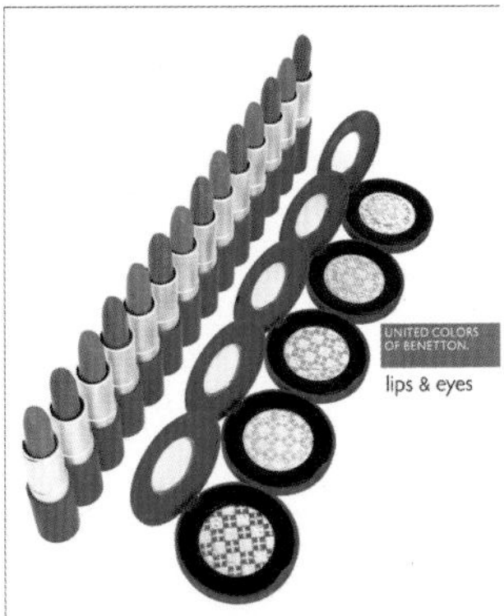
UNITED COLORS
OF BENETTON.
lips & eyes

기존의 기업들은 기술개발에 의해 신제품을 내놓고 탁월한 품질과 편리한 기능을 내세워 소비자를 유혹해 왔다. 이제 기술이 평준화 되면서 품질 또한 고만 고만한 시대가 되었다. 어차피 동일한 기능과 품질이라면 이미지의 차이가 브랜드의 차별이 된다.

기업의 입장에서 자기만의 이미지를 소비자에게 기억시키고 알게 만드는 효과적인 방법은 색깔을 내세우는 것이다. 산타클로스의 빨강 옷은 그 내막을 알고 보면 코카콜라가 의도적으로 강조한 광고색이다. 겨울철에 외면당하는 코카콜라를 소비자의 마음에 계속 인식시키기 위해 산타클로스의 복장을 코카콜라의 색인 빨강으로 내세워 광고한 것이 우리가 당연하게 받아들이는 색이 되었다.

광고의 생명은 소비자의 눈길을 어떻게 휘어잡느냐에 달렸다. 무심코 지나치는 광고에는 소비자의 마음을 흔들어놓기 위한 갖가지 장치가 들어있다. 광고는 소비자의 마음속에 오래 남겨놓기 위한 방법으로 색깔을 등장시킨다. 색채는 세계인의 공통 언어다.

인간은 형태보다 색채를 먼저 인식한다. 기능이나 디자인에 대한 소비자의 판단은 이성적이지만 색채에 대한 판단은 지극히 개성적이고 감성적이다. 형태가 이성에 호소한다면 색채는 감성에 호소한다. 감성의 자극은 강한 인상을 주고 기억에도 오래 남는다. 따라서 색채는 소비자에게 광고가 의도하는 바를 쉽게 설득할 수 있는 단서가 되고 결국 광고 목표 달성에 효과적으로 기여한다. 광고의 색채는 소비자의 주의를 환기시키고 광고에 집중하도록 만드는 힘이 있다.

인쇄광고에서 색채의 역할은 더욱 중요하다. 광고에 있어서 색채가 차지하는 비중을 정확히 파악하기는 쉽지 않지만, 흑백광고에 비해 컬러광고가 50% 정도 효과가 더 있고 소비자들은 흑백 지면보다 색채를 활용한 지면을 더욱 선호한다.

광고에서 색채는 분명 소비자의 시선을 끌지만, 필요 이상으로 많은 색채를 사용할 경우 오히려 산만하게 만들 수도 있다. 특히 색채광고는 브랜드와 제품의 이미지에 알맞게 적은 수로 사용할 경우 높은 주목률을 나타낸다고 한다. 소비자가 원하는 감성을 정확하게 파악하여 색채화시켜 브랜드 콘셉트와 일치하는 광고를 만든다면 브랜드의 성공은 더욱 확실해질 것이다.

우리는 새로운 사람을 만날 때 외모나 목소리 등 몇 가지 단서만으로 그가 어떤 사람인지 판단하려 한다. 다시 말해서 그에 대한 인상을 형성한다. 인상을 형성하는 것은 그가 어떤 성격의 사람인가를 파악하는 이런 정보처리 기제가 반드시 인간에게만 작용하는 것은 아니다. 바로 이런 타인에 대한 인상 형성 기제가 기업이나 브랜드에 전이될 수 있다. 기업이나 브랜드에 대해 형성된 인상을 우리는 기업 이미지, 브랜드 이미지라 한다. 색채는 타인에 대한 인상과 같은 것으로 인간의 감성을 측정하고 과학적으로 분석하고 평가하여, 광고뿐만이 아닌 모든 디자인된 창조물에 적용된다.

현대의 소비자는 넘쳐나는 광고를 일일이 분석하려 들지 않는다. 이러한 소비자의 심리에 색채는 해결의 실마리를 제공한다. 색채는 식품광고에서 입맛을 돋우기 위한 시즐sizzle감을 살리기에 적합할 뿐 아니라 그 어떤 제품과 기업에도 독자성을 부여하는 시각 요소인 셈이다.

우리가 매일 무의식중에 만나는 광고에는 그것을 만든 사람들의 교묘한 전략이 숨어있다. 모델의 옷 색깔에서 글자의 색 그리고 배경과 제품의 색으로 소비자의 머리에, 혹은 마음 밑바닥에 색을 각인시키고 있다. 잡지에 등장하는 광고나 신문, 텔레비전에 스쳐가는 광고를 유심히 지켜보자. 무슨 색으로 그들은 우리를 유혹하는가.

소비자를 유혹하는 포장

대형할인매장이나 백화점에 가보면 현란하게 포장된 상품이 진열되어 있다. 소비자가 물건을 살 때 고민을 적게 하는 저가격 제품의 경우에는 상품의 포장이 판매에 결정적인 영향을 준다. 기업, 즉 판매자의 입장에서 보면 어떻게 포장을 하면 사는 사람에게 매력적으로 보일 것인가를 고민한다. 대형매장에 쌓여있는 그 많은 물건들은 소비자의 선택을 기다리면서 형형색색의 옷을 입고 자기를 자랑한다.

경쟁상황이 워낙 치열하기 때문에 포장은 진열효과가 중요하다. 일단 한 번 선택된 상품은 계속 그 사람에게 팔릴 가능성이 많다.

사람들은 의사결정에 있어서 인지적 불균형 상태로 심리적 긴장을 유발한다. 이를 해소해서 심리적 안정을 찾을 의도로 자기가 선택한 것에 대해 좋게 평가하려는 합리화 태도를 취한다. 비슷한 수준의 배우자 후보 중에서 고민 끝에 선택한 배우자의 장점을 부각시키고, 선택하지 않은 사람을 별 볼 일 없는 사람으로 평가하는 심리와 같다. '여우의 신포도'처럼 자기가 선택한 것은 좋고 선택하지 않은 것은 나쁘다고 생각함으로써 인지적 부조화를 감소시킨다. 브랜드 충성도가 생기는 이유가 여기에 있다. 포장은 이러한 브랜드 충성도를 높이는데 결정적인 작용을 한다.

매장에서 특정 상품을 고르는 것은 이런 심리가 적용되기 때문에 상품을 만드는 기업은 소비자의 눈에 먼저 띄는 포장을 만들려고 노력한다. 과자나 음료수처럼 가격이 비교적 싼 제품은 이러한 진열효과를 극대화시키는 색깔을 염두에 두어야한다. 좋은 상품도 소비자의 눈에 들어오지 않으면 팔기 어렵다.

그러나 화장품과 같이 색깔이 제품의 품질을 직접 드러내는 경우에는 상황이 달라진다. 옷이나 액세서리처럼 색깔 자체가 상품인 경우에는 별도의 색채전략이 필요하다. 대체로 고가품은 채도가 낮게, 저가품은 채도가 높은 원색으로 적용하는 것이 일반적이다. 그러나 브랜드 이미지와 부합시켜야하기 때문에 포장의 색을 결정하는 것은 그리 쉬운 문제가 아니다.

소비자가 좋아하는 색은 기업의 입장에서 보면 상품을 판매하는 결정적인 단서가 된다. 마케팅 업무에 종사하는 사람들은 언제나 소비자의 색채 선호에 관심을 둔다. 소비자가 좋아하는 색을 제시하면 물건이 잘 팔린다는 사실은 너무나 당연하다. 색은 개인에 따라 취향이 다르지만 일반적으로 나이가 어릴수록 스펙트럼의 파장이 긴 따뜻한 색을 좋아하고 나이가 들어가면서 파장이 짧은 파랑과 같은 색을 좋아한다.

젊은이들이 검정 옷을 즐겨 입는 이유는 강렬하고 뜨거운 색을 좋아하는 심리를 어두운 색으로 중화시켜 안정감을 갖고자하는 심리가 발동하기 때문이다. 중년은 무난함을 추구하기 때문에 채도가 낮은 중후한 색을 좋아한다. 아기와 어린아이는 반대로 원색에 눈길을 많이 준다. 아기나 유치원 아이들 용품이 원색인 이유가 여기에 있다.

포장디자인은 새로운 산업을 창조하고 기업이윤을 확대시키며 생활의 질을 높이는 역할을 한다. 그래서 기업에서는 포장을 기업 이미지 확립을 위한 요소로 다루고 있을 뿐 아니라 말없는 세일즈맨으로 활약할 수 있도록 전략을 세운다. 따라서 시각효과를 높이고 커뮤니케이션의 효율성을 검토하여 상품의 장점을 내세워 소비자의 구매의욕을 자극할 수 있는지 꼼꼼하게 배려한다.

포장디자인은 그 나라와 그 기업의 수준을 보여준다. 포장은 인쇄기술도 뒷받침되어야하므로 간단하게 색깔만 두고 논할 성질도 아니다. 상품 포장은 그 시대의 문화 산물이다. 어느 상품이건 어쩌다 그런 색깔로 포장하는 경우는 없다. 포장의 색깔은 그 기업을 대신해서 싸움터에 나온 전사들이다. 이제 매장에 가면 갖가지 상품들이 내세우는 주장들을 좀 더 사랑스러운 눈길로 바라보자.

색채로 말하는 상품

대형 할인매장에 가면 같은 종류의 상품이라도 종류가 워낙 많아 어느 것을 골라야 할지 망설이는 경우가 허다하다. 상품의 색은 그 상품의 특징을 보여주기 때문에 조금만 주의를 기울이면 성격을 파악할 수 있다. 하양과 검정으로 포장된 상품은 대체로 가격이 싼 것들이다.

빨강 포장의 커피와 파랑 포장의 커피 중에서 부드러운 맛을 원한다면 파랑 쪽이다. 빨강은 강하고 인위적인 느낌을 주는 색이기 때문에 상품을 만드는 회사에서 그런 식으로 포장디자인을 적용한다. 같은 원리로 화려한 색깔의 세제와 연한 색깔의 세제 중에서 섬유 유연제는 연한 색깔의 포장에 들어 있다. 화려한 색깔은 강하다는 메시지를 주고 연한 색깔은 부드럽다는 메시지를 보낸다.

포장에 초록을 사용한 담배는 박하 향을 연상시키고 파랑은 순한 맛, 빨강은 진한 맛을 연상시킨다. 담배회사들은 이러한 소비자의 색채심리에 맞추어 포장디자인을 내놓는다.

유기농법으로 재배한 농산물이나 가공식품은 초록으로 안내한다. 알록달록한 원색은 아이들을 유인하는 색이다. 빨강 포장의 라면은 매운 맛을, 노랑 포장은 부드러운 맛을 낸다.

미국의 색채심리학자 장 폴 파브르는 배색 샘플을 이용해 포장디자인에 적용했다. 배색 샘플을 소비자에게 보여주고 연상되는 제품군을 말하게 했는데 매우 일치된 반응이 나타났다. 색채가 특정 제품을 연상시키는 것은 공감각 효과 때문이다. 색은 시각적 효과뿐만 아니라 청각 · 미각 · 촉각 효과도 가지고 있다. 공감각 효과를 제품에 적용하면 소비자의 의식 속에 제품의 특성이 자연스럽게 각인된다.

밝은 보라와 분홍으로 배색한 화장품은 에로틱한 느낌을 준다. 전체적으로 동일한 색상군은 안정되고 편안한 느낌을 주는데, 특히 채도가 낮고 명도가 높은 파스텔 톤은 여성적 속성이 있음을 암시한다. 반대로 쥐약과 같이 노랑과 검정의 배색은 흔히 우리가 공사 현장이나 도로에서 만나는 위험을 암시한다. 독이 강한 뱀이나 거미의 색도 이런 식의 강력한 배색을 갖기 때문에 구구한 설명이 없더라도 금방 위험과 경계를 느끼는 배색이다.

색채를 연구하는 학자들은 감각자극의 강도로 인해 이런 느낌을 준다고 설명한다. 소비자들이 매장에서 만나는 수많은 제품들은 실제 감각자극의 강도

NESCAFÉ
Café Ador
Original
NESCAFÉ
Café Ador
French Vanilla

홈스타
홈스타
홈스타
주방용
홈스타
주방용

나 색채상징으로 표현된 것들이다. 단지 그러한 사실들을 모른 채 무심코 넘기는 경우가 많을 따름이다.

바나나향이 들어간 제품은 노랑으로, 딸기맛이 첨가된 제품은 빨강으로, 오렌지 성분이 들어간 목욕용품은 주황색 제품이다. 또한 색깔은 촉감도 연상시킨다. 밝은 분홍은 부드럽고, 어둡고 탁한 색은 딱딱하며, 올리브그린은 끈적끈적하고, 강하고 진한 색에서 광택을 느낀다.

프랑스 색채학자 모리스 데리베레는 배색에 따라 특유의 맛을 느낀다고 주장한다. 빨강 · 주황 · 노랑 배색은 단맛을, 연초록 · 회색 · 연파랑 · 하양의 배색은 짠맛으로, 초록과 노랑의 배색은 신맛으로, 올리브그린 · 갈색 · 진한 빨강 · 파랑 배색은 쓴맛을 연상시킨다고 한다. 소비자가 매장에서 보게 되는 상품의 색깔은 이러한 색채연구의 결과물이다.

기업의 색채계획은 보통 회사 기밀로 다루어지기 때문에 구체적 사례를 논하기 어렵지만 세계 각지에 매장을 두고 있는 다국적 기업들은 각국의 도시 이미지와 그 지역 소비자의 취향을 분석해서 매장의 색채와 제품의 색채를 결정하는 경우도 있다. 이렇게 상품 하나에서부터 실내디자인과 건축디자인에 이르기까지 색채를 상품 이미지와 연계시키는 작업은 앞으로 더욱 체계적으로 진행될 것이다. 마케팅의 도구 중에서 세계 공통 언어이면서 탁월한 메시지를 가진 것이 바로 색채이기 때문이다.

공간을 위한 과학적 배려, 색채조절

사람들은 대체로 복잡하고 어지러운 환경보다는 단조로움을 더 견디기 힘들어하는 경향이 있다. 혼돈과 무질서가 우리에게 괴로움을 주지만 어쩔 수 없는 단조로움은 사람을 더욱 미치게 만든다. 인간은 환경의 동물이므로 색채로 둘러싸인 환경은 능률과 정서에 직접 관여한다.

심리학 · 생리학 · 조명학 · 미학 등에 근거를 두고 과학적으로 배려한 색채 적용을 색채조절色彩調節 Color Conditioning이라 하는데 1930년대 초에 미국의 뒤퐁Dupont 회사에서 처음으로 사용한 용어이다. 이는 응용과학의 한 분야로 눈이 피로해지는 정도와 깊은 관련을 맺고 있다. 일반적으로 말하는 색채장식과는 뜻이 다른 이 분야는 사무실이나 주택 · 공장 · 학교 · 병원 같은 공간의 시각

조건을 다룬다. 색채조절은 업무 효율과 기분, 눈의 피로, 안전, 정리정돈과 관리, 건물 보호 등 여러 효과를 기대할 수 있다.

인간은 먼 옛날부터 색채를 생활의 일부로 활용해왔다. 환경 색채를 과학적으로 적용해보고자 하는 생각은 1920년대 중반부터 생겨나 1940년대에 크게 성행하였다. 색채조절을 하면 조명의 효율이 높아지고 신체와 눈의 피로를 덜어준다. 또한 상쾌한 기분으로 일에 집중할 수 있다. 색채조절은 먼저 산업분야에 적용되었다. 제2차 세계대전 기간 동안 부족한 노동자의 여건에서 생산량 증가를 원했던 생산업체에서 광범위하게 실험하고 수용해 왔다.

색채조절은 색채가 가진 심리효과를 활용한다. 색은 따뜻함과 차가움, 크게 보이거나 작게 보이는 성

질, 가깝게 보이거나 멀게 보이는 느낌, 무겁게 보이거나 가볍게 보이는 경향 등이 있다. 하양과 검정을 비교했을 때 하양은 크고 가까운 느낌을 주지만 검정은 작고 먼 느낌을 준다.

업무공간에서 눈을 피곤하게 만드는 조건은 여러 가지가 있다. 조명이 어둡거나 눈이 부실 정도로 밝은 조명 혹은 직사광선에서 눈은 쉽게 피로를 느낀다. 또한 움직이는 장식물이나 명암대비가 강한 경우, 원색의 벽면, 눈의 피로를 줄이는 초록이나 파랑 계통의 색이 없는 공간에서도 눈은 피로를 느낀다. 색채조절의 1차 목적은 눈의 피로를 줄이는 데 있다.

색채조절의 가장 일반적인 적용은 아래쪽은 짙은 색, 위쪽은 밝은 색을 적용하여 안정감을 주는 것이다. 실내 환경의 색은 천장을 가장 밝게 하고, 아래쪽 벽이 위 벽보다 어둡게 하고 바닥은 천장보다 어둡게 한다. 만약 위쪽에 어두운 색을 적용하면 눌리는 느낌을 주기 때문에 생리적으로 좋지 않다. 가급적 천장은 흰색이 좋은데, 조명의 효율이 높고 주변 색과의 강한 대비를 줄여준다. 흰색은 중립적인 색으로 심리적으로는 별 다른 관심을 끌지 않으므로 주의를 집중시키는 효과가 있다. 그러나 천장이 지나치게 높아 휑한 느낌을 준다면 복숭아색처럼 따뜻하고 밝은 색조를 적용하면 그런 느낌을 상쇄시킬 수 있다.

방은 방향에 따라 색을 다르게 적용해 단조로움을 피할 수 있다. 또한 햇빛은 신체의 활력에 많은 영향을 주기 때문에 햇빛을 많이 받는 남향과 서향의 방은 차가운 색 계통을, 그렇지 않은 동향과 북향은 따뜻한 색 계통이 좋다.

공장과 같이 산업용 공간의 색은 부드럽고 회색 기운이 도는 것이 좋다. 파랑과 노랑 같은 원색은 싫증이 나기 쉽고, 부드러운 회색은 공격적이지 않고 집중력을 갖게 해줄 뿐 아니라 먼지나 얼룩을 잘 가려준다. 단순한 회색은 답답하고 의미 없는 느낌을 주므로, 작업자들이 비교적 높은 온도에서 일하는 경우에는 푸르스름한 청록기가 도는 서늘한 색이 좋고 크림색이나 복숭아색처럼 따뜻한 색은 천장이 높거나 썰렁한 분위기를 보완해주는 기능을 한다.

햇빛이 잘 들지 않는 회의실은 붉은 카펫과 오렌지 의자로 꾸미는 것이 좋다. 따뜻한 색은 활달한 분위기를 연출하고 시간이 빨리 흐른다는 인상을 준다.

색은 나름대로 지시적인 역할을 한다. 그래서 여성용 공간은 따뜻한 색을, 휴게실이나 식당과 같이 성별의 구분이 없는 공간은 맑고 깨끗한 색이 좋다. 자연광선이 잘 미치지 않는 복도와 계단은 노랑 계통의 밝은 색이 효과적이다.

색채조절을 잘 활용하면 무질서한 가운데 순서를 정하고 중요한 정도를 구분하여 일의 집중력을 높일 수 있다. 그래서 공간의 용도를 잘 고려하여 색채를 보기에 알맞도록 구성하면 시력을 향상시킬 뿐 아니라 기분까지도 유쾌하고 활기차게 해준다.

누가 색을 유행시키는가

대부분의 사람들은 유행에 약하다. 유행은 시대나 집단에 동조하는 동류의식의 발로이다. 어지간한 용기 없이는 유행을 뿌리치기 쉽지 않다. 특히 색의 유행을 무시하고 개성을 발휘하기 위해서는 창의적 지식과 훈련이 필요하다. 어느 교육학자의 말을 빌리자면 창의적 감성은 1/3이 타고난 재능이고 두 번째 1/3은 재능을 개발해주는 주위의 영향이고, 나머지 1/3은 창의적 영역에 관한 지식이라 한다.

유행은 남달라 보이고 싶어 하는 욕망에서 출발한다. 그러나 남들과 똑같은 결과에 다다르면 새로운 유행이 등장한다. 유행은 개성과 모방의 과정이다. 사회적으로 차별화 욕구와 동조 사이에서 타협을 이루는 모순덩어리가 유행이다. 유행은 하류문화가 상류문화를 모방한다는 면에서, 대체로 못난 사람들이 잘난 사람들을 따라하는 경향을 보인다. 유행은 자본주의사회에서 경제 논리와 맥을 같이하면서 문화산업으로 확산되는 성질을 가지고 있다. 그래서 많은 기업들이 스타를 매스컴에 등장시켜 자사의 제품을 유행시킨다. 청소년이나 하위문화 집단은 문화적 정체성을 표현하고 소속감을 확인할 요량으로 쉽게 유행에 올라탄다. 옳고 그름을 떠나 유행은 개성과 모방이라는 두 개의 반발하는 본능으로 썰물과 밀물처럼 밀려가고 밀려온다.

유행은 날씨와 같아서 언제 어떻게 전개될지 예측이 어렵다. 유행은 일정한 주기를 가지고 반복한다는 생각을 갖기 쉬우나 반드시 그렇지는 않다. 예를 들면 넥타이의 폭이 넓어졌다 좁아졌다 하지만 이는 단순히 모양만 유행하는

것이 아니라 색까지 유행하기 때문에 예전의 넥타이는 다시 유행할 때를 기다려 착용하더라도 촌스러움을 벗어나기 어렵다. 색의 유행 또한 단순히 하나의 색에서 다른 색으로 바뀌는 것은 아니다.

천문학적 숫자의 색 중에서 한 번 유행했던 색이 다시 유행한다는 것은 있을 수 없는 일이다. 1990년대 초 해바라기 노랑이 유행했는데 다시 노랑이 유행한다면 그 전의 노랑과는 달리 붉은 기운이 가미된 노랑이거나 파란 기운이 가미된 노랑일 수도 있고 주된 색과 함께 유행하는 배색이 따라오기도 한다. 따라서 색의 유행은 어느 주기에 따라 반복될 것이란 기대를 버리는 것이 좋다.

색채 전문가나 디자이너가 막연히 어느 색을 지정해서 유행시킨다고 해서 유행하는 것이 아니다. 색의 유행은 마케팅전략이자 과학이다. 여기에는 생산기술이 있어야하고 소비자의 심리가 반영되어 있고 그 시대의 사회적 분위기가 총합되어 유행이란 물줄기를 형성한다.

유행색은 일반적으로 패션쇼나 신제품 박람회와 같은 자리에서 소비자의 반응을 면밀하게 살펴 판매가 될 수 있는 범주의 색으로 결정해서 상품화한다. 패션쇼에서 보았던 의상이 몇 년 후까지 시장에 등장하지 않는 것도 이런 이유 때문이다.

색의 유행을 빨리 간파하기 위해서는 대도시의 가구 · 액세서리 · 향수와 같은 매장을 돌아보는 것도 좋고 패션이나 인테리어 잡지를 보는 것도 하나의 방법이다. 유행할 색을 가장 먼저 적용하는 제품은 색이 상품 선택의 결정에 크게 작용하는 의상 · 화장품 · 스카프와 같은 제품이다.

유행색은 유행이 예상되는 색, 유행의 징조를 보이는 색, 일부 주목을 받는 색, 시장에서 인기 있는 색, 유행의 경향을 상징하는 색과 같이 여러 경우를 통칭한다.

유행색은 저명 디자이너, 또는 직물 등을 제조하는 회사나 단체에서 상품의 유행 예상색을 계절에 앞서 제안하는 경우가 일반적이다.

한편 미국의 글로벌 색채연구소 팬톤(Pantone)은 유행색에 강력한 영향력을 발휘한다. 팬톤이 발표하는 '올해의 색'은 패션을 비롯한 생활용품 전반에 빠르게 유행으로 자리 잡곤 한다.

우리나라에서는 외국의 유명 컬렉션 의상과 국내 주요 패션브랜드 색상을 분석하고, 패션업계 종사자들로 구성된 자문위원회 의견을 반영해 유행색을 선정하기도 한다.

산업에서는 유행색의 예측이 중요하다. 이를 유행예측색이라 부른다. 예측색은 국제유행색협회에서는 2년 전 시점에 유행색을 예상하여 발표한다. 섬유제조회사나 재료를 만드는 회사에서는 통상 1년 반 전에 발표한다. 유행예측색은 상품 생산에서 유행의 변화로 발생할 위험을 줄이기 위해서 세계 경제상황, 소비자의 생활과 의식 변화, 색에 대해 과거로부터 이어져온 지속적인 자료 분석을 통해 결정한다. 유행예측색이 반드시 시장에서 유행하는 것은 아니다. 인기 있는 연예인의 소품이나 국제적인 행사, 사회에 큰 반향을 일으키는 사건 등 예상하지 못한 상황에서 유행예측색은 예측이 빗나가기도 한다.

선두에서 악대차(band-wagon)가 연주하면서 지나가면 궁금한 사람들이 모여들기 시작하고 몰려가는 사람을 바라본 많은 사람들이 무언가를 기대하고 뒤따르면서 군중들이 점차 불어난다. 이러한 밴드왜건 효과를 보이는 유행을 당신도 따라나설 참인가, 아니면 무시할 것인가. 만약 당신이 마케팅 업무에 종사하는 사람이라면 이런 현상을 무시할 수 없을 것이다. 어떤 색깔이나 상품에 대해 수요가 많아지면 다른 소비자도 그 경향에 따라서 수요를 증가시키는 편승효과를 보이기 때문이다.

컴퓨터가 만드는 색깔

우리는 곧잘 핸드폰으로 찍은 사진이나 인터넷 사이트에서 내려 받은 이미지들을 컴퓨터 화면에서 보곤 한다. 이미지와 텍스트의 무한공간인 디지털 매체는 남녀노소를 불문하고 친구이면서 삶을 영위하는 도구이기도 하다. 예전의 호미나 괭이처럼. 컴퓨터가 만드는 색깔들은 매일 마시는 물이나 공기만큼 익숙해졌다.

물감으로 그래픽 시안을 만들던 대학시절에 며칠 밤을 새워가며 공들인 과제가 생각난다. 커다란 달력 사진을 가로 세로 1CM 간격으로 쪼개서 각 칸마다 '주로 지배하는 색'을 물감으로 만들어 색칠하는 과제였다. 지금 생각하면 참으로 무식한 작업이지만 색을 만드는 훈련치고는 꽤나 그럴싸한 방법일뿐더러, 디지털 색채의 원리를 이해하는 과제이기도 했다. 그 때는 디지털 색채가 우리나라에 도입되기 이전이긴 하지만 말이다. 디지털 사진에서 화소畫素

라고 부르는 단위를 하나씩 색칠한 셈이다. 화소는 dpi라고 부른다. 가령 300dpi는 1인치 안에 세로300×가로300 즉, 9만 화소가 포함된다는 뜻이다. 이것은 컴퓨터의 2가지 포맷방식 중 벡터방식에 대응하는 비트맵 방식이다.

컴퓨터가 만드는 색깔은 21세기 이전까지만 해도 어색하고 인위적인 느낌을 주었으나 주변기기와 소프트웨어의 발달로 이제는 실물 색깔과 구분이 어려울 만큼 자연스러워졌다. 컴퓨터의 색깔은 저장과 복사는 기본이고 다양하게 느낌을 바꿀 수 있는 매력적인 장점을 가지고 있다. 그렇지만 컴퓨터가 보여주는 색깔은 기기의 환경에 따라 달라지는 어려움도 있다.

컴퓨터 그래픽은 크게 비디오 카드와 컬러 모니터로 구성된다.

메모리에서 데이터는 화면의 픽셀과 1:1로 대응한다. 각 픽셀의 데이터는 RGB의 세 가지 신호로 이루어져 있다. 우리의 눈에 보이는 모니터 상의 색깔은 빨강(Red), 초록(Green), 파랑(Blue)을 내는 형광물질이 미세한 크기로 분포되어 있어 각 신호의 크기에 따라 빛을 방출하면서 나타난다. 삼원색의 혼합으로 만들어지는 색깔은 각 원색에 대해 표현되는 데이터 수에 의존한다.

RGB의 각 데이터가 1비트인 경우 원색의 신호는 0과 1뿐이기 때문에 색깔은 하양과 검정, 즉 흑백으로 표현된다. 8비트로 높이면 데이터 수는 2의 8제곱인 256가지가 되어 256단계의 톤으로 표현할 수 있다. 또한 32비트를 적용할 경우 한 픽셀에 24비트를 할당하고 나머지 8비트는 투명도에 관련이 있는 알파채널에 할당한다. 빨강 · 초록 · 파랑에 각각 8비트씩 할당하므로 한 번

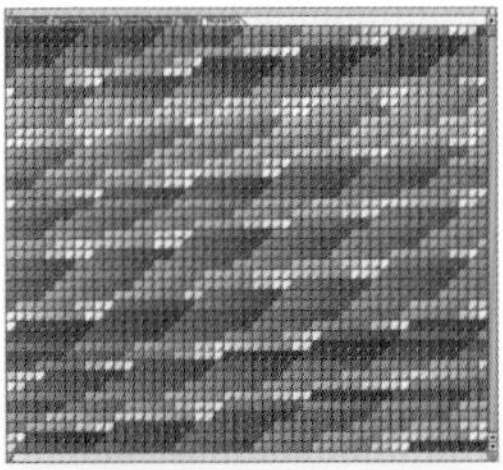

에 2의 24제곱인 1677만 7216색을 표현할 수가 있다. 사람이 볼 수 있는 색이라는 뜻에서 트루컬러(true color)라는 명칭을 붙였으며 풀컬러(full color)라고도 한다.

컴퓨터를 사용하는 디자이너들이 가장 곤란을 겪는 부분은 모니터로 보는 색과 프린트로 출력한 색의 차이에 있다. 간혹 RGB 컬러로 작업한 데이터를 프린트하는 경우가 있는데 이 때 현격한 색 차이가 있기 때문에 반드시 CMYK컬러로 작업하고 데이터를 프린트로 연결해야 한다. RGB컬러는 인쇄를 목적으로 하는 작업이 아니라 웹상에서 모니터로 보기 위한 데이터이다.

CMYK컬러로 작업하더라도 프린트 상태와 모니터의 색깔은 반드시 일치할 수가 없다. 모니터는 빛의 가법혼색加法混色을 이용한 색깔이고 프린트는 잉크의 감법혼색減法混色을 이용한 색이기 때문에 근본적으로 동일한 색을 기대할 수가 없다.

모니터와 프린트의 모델에 따라 차이가 나고 프린트 용지에 따라서 색감 차이를 보인다. 시중에 나와 있는 컬러프린트 전용지는 종이의 색감이 흰색에 가깝고 잉크의 물성을 감안하여 만들어진 것이다. 또한 프린트 상의 색상재현에 맞추어 dpi(Dot per Inch)와 같은 설정에 따라 컬러가 달라진다. dpi의 수치가 높을수록 점은 조밀하게 찍히지만 용지의 특성에 따라 반드시 수치가 높다고 해서 자연색에 가까워지는 것은 아니다.

2천년 동안 지속되어온 종이문화가 모니터를 통한 영상문화로 바뀌고 있다.

아날로그 색채에서 디지털 컬러로의 변화는 문명의 혁명처럼 우리의 시각문화를 변화시킨다. 빛으로 보게 되는 디지털 컬러는 물체로 보던 아날로그 색채와는 속성을 달리한다. 이제 빛나는 컬러가 대세로 자리 잡았다. 빛의 컬러는 착시와 투명도의 구현이 특징인지라 소재에 따라 얼마든지 몽환적인 표현이 가능하다. 모니터로 보는 색 뿐만 아니라 자동차의 색, 화장품의 색, 패션의 색 역시 디지털의 변화무쌍한 세계로 펼쳐나갈 것이다.

과학의 결정판, 물감

우리 주변에는 저절로 만들어진 자연색이 있고, 인간이 의도적으로 만든 인공색이 있다. 아파트 벽에 칠해놓은 색깔, 신문이나 책에 인쇄되어 있는 색깔, 그리고 옷감이나 플라스틱 등 인간의 생활공간과 도구는 온통 색깔로 넘쳐난다.

색깔을 내는 안료, 건조되면서 단단해지는 결합제와 그 결합제를 부드럽게 유지시켜주는 용제가 섞여 하나의 물감이 된다. 칠해진 물감은 용제가 증발해 안료를 포함한 결합제가 굳은 것이다. 결합제는 보통 풀처럼 색깔이 없는 투명한 물질이기 때문에 물감의 색은 안료로 결정된다. 물감은 용제의 특성에 따라 유성페인트 · 수성페인트 · 에나멜 · 수채화물감 · 유화물감 등으로 분류한다.

물감이 칠해진 면에 빛이 닿으면 안료에 부딪혀 빛은 반사한다. 그 반사된 빛의 파장으로 우리는 색깔을 인식한다. 색깔을 만든다는 것은 특정한 색에 다른 색을 합하는 것으로 빛의 경우는 합할수록 색깔이 밝아지므로 가법혼색 加法混色이라 하고 물감은 색깔끼리 직접 섞을 경우 두 색의 밝기 범위 내에서 결정되기 때문에 중간혼색中間混色이라 부른다. 보통 인쇄의 원리인 감법혼색減法混色은 물감의 3원색으로 인식하여, 물감을 모두 섞으면 검정에 가깝게 어두워지는 것으로 알고 있는데 이는 잘못된 상식이다.

물감은 화학적 성질과 칠해지는 면의 상태가 완벽하지 않기 때문에 자세히 보면 여러 가지 색이 나타난다. 그러나 약간 멀리서 떨어져서 보면 한 가지 색으로 보이는데 이를 병치혼색竝置混色이라 한다. 인상파 화가의 그림이나 점을 찍어 그린 그림은 이러한 병치혼색 효과를 노린 것이다. 따라서 물감의 혼색은 중간혼색과 병치혼색이 뒤섞인 색이라 볼 수 있다.

인쇄잉크는 매우 얇게 칠해지기 때문에 잉크 막에 들어간 빛은 잉크의 바탕이 되는 종이에 닿아 반사해 다시 잉크 막 속으로 되돌아간다. 그래서 인쇄의 기본 바탕이 갖는 반사율에 큰 영향을 받는다. 신문의 컬러인쇄와 잡지의 컬러인쇄가 느낌이 다른 주된 이유는 종이의 색과 표면이 달라 색감 또한 달라지는 것이다.

인쇄에 사용하는 혼색은 인쇄방법에 따라 크게 3가지로 구분할 수 있는데 시중에 판매되는 팬톤Pantone 색 견본은 잉크 자체를 목적으로 하는 색이다. 미리 섞어서 만든 잉크로 인쇄하는 이것을 스케일컬러Scale Color 또는 별색인쇄라고 부른다. 가장 흔히 사용하는 인쇄의 혼색방식은 CMYK(시안 · 마젠타 · 옐로우 · 블랙)의 4원색판을 각각 만들어 종이 위에 중복 인쇄하는 방식이다. 각각의 판은 망점이라 부르는 매우 작은 점의 크기에 따라 밝고 진하기와 색깔을 표현한다. 철판[凸版, 볼록판] 인쇄나 오프셋(Off Set)과 같이 평판平版 인쇄에 이용하는 이런 방식을 프로세스 컬러Process Color라고 부른다. 종이에 인쇄한 대부분의 인쇄물이 이 방식으로 색깔을 만든다. 망점인쇄는 투과성이 좋은 원색잉크가 필요에 따라 겹치기 때문에, 많이 겹칠수록 어두워지는 감법혼색 방식이 된다. 실제 3원색으로는 자연스러운 검정을 내기 어려워 검정을 추가해서 4원색을 채택한다.

프로세스 컬러와 방식은 유사하지만 망점의 크기는 바꾸지 않고 잉크 막의 두께를 바꾸어 밝기를 나타내는 그라비어Gravure 인쇄는 요판[凹版, 오목판]을 사용한다. 비닐 재질의 인쇄물은 대부분 이런 방식으로 인쇄한 것이다. 또한 빳빳한 새 지폐를 만져보면 까실 까실한 감촉을 느낄 수 있는데 이 또한 잉크 막의 두께가 두꺼운 요판으로 인쇄했기 때문이다.

섬유는 대부분 염색으로 색깔을 만든다. 염색은 색깔이 있는 물질을 섬유에 스며들게 하거나 섬유 안에서 화학반응을 일으켜 색깔을 물들인다. 섬유의 원 바탕은 대개 흰색에 가깝기 때문에 빛을 반사하는 성격을 지니고 있다. 여기에 빛을 흡수하는 물질이 달라붙으면서 섬유의 색깔이 결정되는 셈이다. 섬유의 염색은 실을 염색하는 경우와 천을 염색하는 경우가 있는데, 염색한 여러 가지 실로 천을 짜면 병치혼색 효과를 낸다.

플라스틱의 색깔 만들기는 투명 재질과 불투명 재질에 따라 방법이 다르다. 투명 플라스틱은 염료의 색채에 맞게 착색되는데, 투명 셀로판지를 겹치는 듯한 효과를 내므로 감법혼색에 해당한다. 불투명 플라스틱은 그 자체가 반사하는 성질을 갖기 때문에 염료방식이든, 물감과 같은 안료방식이든 색깔을 낼 수 있다. 색깔을 섞는 원리는 물감과 같은 중간 혼색이다.

색깔을 표현하는 기술은 그 나라의 문명의 총합이다. 특히 인쇄의 색은 촬영기술, 색을 분해하고 인쇄판과 잉크를 만드는 화학기술, 종이나 비닐을 만들고 인쇄기계를 만드는 기계공학에 이르기까지 그 시대 그 나라의 수준을 총체적으로 표현한 것이다. 세계 최초로 금속활자를 만든 고려가 당시 가장 앞선 선진국으로 인정받는 이유가 여기에 있다. 그래서 여기 저기 널려 있는 인쇄물 한 장은 결코 예사로운 색깔이 아니고, 예사로운 물건 또한 아니다.